danubebooks

Florin Iaru

Die grünen Brüste

Erzählungen

Aus dem Rumänischen
übersetzt von Manuela Klenke

 danubebooks

Die Originalausgabe ist 2017 unter dem Titel „Sînii verzi" erschienen im Verlag Editura Polirom (Iaşi, Rumänien).

Die Publikation und Übersetzung wurde finanziell unterstützt vom Rumänischen Kulturinstitut.

INSTITUTUL
CULTURAL
R O M Â N

Bibliografische Information der Deutschen Nationalbibliothek:
Die deutsche Nationalbibliothek verzeichnet diese Publikation in der Deutschen Nationalbibliografie; detaillierte bibliografische Daten sind im Internet über http://dnb.d-nb.de abrufbar.

© 2020 danube books Verlag e. K., Ulm
Umschlaggestaltung   Florian L. Arnold, Elchingen
Typografie und Satz   www.geller-design.de
Verlag   danube books Verlag e. K., Ulm
Druck und Bindung   DENONA d. o. o., Zagreb
ISBN   978-3-946046-17-2

INHALTSVERZEICHNIS

„Herr Direktor, er hört Sie. Ich mache keine Witze. Er hat uns gesagt, mit wem Sie telefoniert haben, er hat uns den Wortlaut genau wiedergegeben, ich schwöre, wenn Sie mir nicht glauben, er hat noch gesagt, dass Sie zwei Kugeln in der Tasche haben, mit denen Sie spielen …"

Der Direktor blickt zu Popescu, als wäre dieser eine Fliege. Was für ein Blödsinn sollte das denn sein?

„Wie hieß der nochmal gleich?"

„Georgescu. Costeluş aus der Werkstatt. Er verfügt über ein fantastisches, unvorstellbar gutes Gehör. Er meinte," – und hier senkte der untergebene Angestellte seine Stimme, „dass Sie so gegen … 11.27 Uhr einen leisen schleichenden Furz gelassen hätten. Entschuldigen Sie mich bitte, bitte entschuldigen Sie mich, ich kann das gar nicht glauben … Er meinte aber noch, Sie hätten hinterher auch das Fenster geöffnet."

Der Direktor erstarrt. Ja, tatsächlich, Mensch, genauso war es, um 11.27. Um halb hatte er eine Sitzung anberaumt gehabt und hatte daher schnell lüften müssen.

„Aber wie ist das möglich?", fragte er, ergriffen von einer Art wissenschaftlicher Neugierde. „Wo habt ihr ihn her? Ah, ja, aus der Werkstatt …", murmelte er selbstzufrieden. „Und wie macht er das?"

„Wir wissen es nicht. Wir waren in der Halle, im verdammten Nirgendwo. Plötzlich hörte ich ihn sagen, was ich Ihnen gerade erzählt habe. Deshalb erlaubte ich mir, das zu überprüfen. Ich sagte zu ihm, er sei ein Dummkopf. Die Kollegen lachten aber und meinten, so wüssten sie, was wir beide immer miteinander besprechen. Er hört alles. Aus jeder Entfernung."

„Unmöglich. Bring ihn zu mir!"

„Sehr wohl, er ist im Vorzimmer."

Costeluş Georgescu tritt in den Raum, mit der Kappe in der Hand und guckt schräg zum großen Chef hinauf, der ihm ganz gelassen und sanft seine Fragen stellt.

„Sag mal, Costeluş, Costeluş ist dein Name, oder? Was macht meine Sekretärin gerade?"

„Sie feilt ihre Fingernägel."

„Popescu, geh mal nachsehen, ob das stimmt!"

„So ist es, Herr Direktor. Sie feilt dran."

„Hmm, und Ionescu aus dem Lager, was macht der?"

Costeluş kommt kurz ins Grübeln.

„So, so, jetzt kannst du nicht mehr so gut hören, was?"

„Doch schon, aber ich weiß nicht, ob Sie den alten oder den jungen Ionescu meinen ..."

„Wofür musst du das wissen?"

„Um ihn sehen zu können."

Stănescu, der Direktor, schaut zu Popescu. Popescu zuckt mit den Schultern.

„Dann erzähl uns von dem Alten."

Costeluş hält seine Hand wie ein Hörrohr ans Ohr und sagt dann:

„Er schnalzt und bohrt sich mit dem Bleistift im Ohr. Ich höre, wie der Radiergummi an seinen Haaren reibt. Wissen Sie ... er hat viele Haare in den Ohren. Es rauscht."

„Popescu, ruf ihn auf der Stelle an! Frag ihn, ob das wahr ist!"

„Hallo, Ionescu? Sag mal Alter, hast du gerade geschnalzt? Bohrst du dir im Ohr? Nein, ich bin nicht verrückt geworden. Und nein, wir haben keine Überwachungskameras. Nein, wir werden dir nicht kündigen. Hör auf! Antworte endlich, sonst schwör ich dir, wir kündigen dir noch. In Ordnung. Okay. Du hast geschnalzt und hast dich gekratzt ... Nein, es bestraft dich keiner."

„Sag mal Junge, wie machst du das?"

„Ich höre das, Herr Direktor, ich muss mich nur darauf konzentrieren."

„Guuut. Jetzt zeig mal, was du kannst. Was sagt meine Frau gerade?"

„Ich kenne sie doch nicht."

Der Direktor zieht ein Bild heraus. Costeluş schaut es voller Bewunderung an. Er kommt kurz ins Grübeln. Dann bringt er seine Hand zum Ohr und sagt:

„Sie schlürft am Kaffee und raucht eine Zigarette. Sie dreht ein Feuerzeug aus Metall auf einem Plastiktisch. Ah, und sie sagt, genau jetzt: Ich bin frei bis heute Abend, Liebling: Beeil dich!"

„Wem sagt sie das, du Dreckskerl? Einem Mann oder einer Frau? Ich bringe sie um und dich bringe ich auch um, wenn das stimmen sollte."

„Ich weiß es nicht, die anderen kann ich leider weder sehen noch hören."

Der Direktor wird grün im Gesicht. Dieses Problemchen wird er höchstpersönlich lösen. Er ist sehr beunruhigt. Er muss etwas anpacken, weiß aber nicht, was, greift also zum Telefon, zieht an einer Schublade, schmeißt einen Ordner um. Dann glänzen seine Augen. Er schickt Popescu weg und zeigt dem Phänomen Costică geheimnisvoll ein neues Bild.

„Jetzt zeig mal, was du kannst. Wenn du an der Wache des Präsidentenschlosses Cotroceni vorbeikommst, dann bist du mein Held."

Costeluş Georgescu reißt die Augen weit auf, glotzt den Direktor an, schluckt und versucht sich zu konzentrieren. Er kennt den Herrn Präsidenten sehr gut, und was er in diesem sieht, ist mehr als ein einfacher Präsident. Er bringt ängstlich die Hände zum Ohr, dann schließt er die Augen. Der Empfang ist irgendwie vergrieselt. Er hebt eine Hand und wie auf Befehl hören alle Störgeräusche auf, die Natur vereist, erstarrt. Wie in einem Standbild. Eine absolute Ruhe fällt über die Welt und in dieser vollkommenen Ruhe hört der Direktor Stănescu nun selbst … Er ist fassungslos und verstört. Das, was er da hört, wird er keiner Menschenseele jemals erzählen können.

DIE GABEL

Die Gabel ist ein kleines bisschen neben der Spur. Sie dreht sich lässig durch die langen Nudeln, so als ob sie Ski fahren wollte.

„Wo ist nur dein Kopf geblieben? Sie haben dich verarscht. Sie haben dich reingelegt, du Dummkopf! Das sollen Kartoffeln sein? Und das soll Blumenkohl sein? Fast hätte ich dir gesagt, was es ist! Blumenkotze! Wie schaffst du das immer? Was steckt in deiner großen Birne? Heu? Stroh? Kannst du dich denn nicht mal konzentrieren?"

Die Gabel durchquert das Rote Meer, das Tote Meer und das Meer der Bitterkeit. Sie sticht in ein Stück Käse.

„Warum wundere ich mich überhaupt? Du bist ein Volltrottel. Eine Flachpfeife. Du bist ein Weib mit Hosen, das muss dir mal jemand sagen. Nichts von dem Kleinkram, den du gekauft oder repariert hast, läuft, wie er sollte, hier in diesem Haus. Als ob du verflucht wärest! Eine Niete bist du!"

Die Gabel greift zu einem Knäuel Pasta und führt sie hoch, vom Teller zum Mund.

„Mit wem rede ich hier, du taube Nuss? Du oder ein Koffer am Bahnhof – kein Unterschied!"

Die Gabel stolpert und lässt die Beute auf die Hose fallen.

„Ich kann es nicht glauben! Das machst du extra! Du veräppelst mich. Ich bin nicht dein Diener, du Pappnase! Wie fühlt sich es an, sich wie ein Tier zu bekleckern? Wie eine Kuh in Stiefeln. Säße das Vieh am Tisch, es würde sich zivilisierter benehmen. Wo gehst du hin? Bist du fertig? Dafür habe ich geschuftet …? Nimm gefälligst eine Serviette und lege sie dir auf den Schoß."

Von zwei blassen Fingern unterstützt sammelt die Gabel den Schlamassel auf und begrenzt das Desaster.

„Zu nichts taugst du. Außer essen und fernsehen. Du würdest nicht mal wie andere unter Freunde gehen, aber was rede ich da, du hast gar keine Freunde, du liebst ja niemanden.

Wenn du stirbst, wird nicht mal eine Ameise wissen, dass du durchs Leben gegangen bist. Dann werde ich atmen können, denn du hast mein Leben vergiftet!"

Die Gabel gräbt tief im Teller. Keiner sieht das leichte Zittern der Zähne, die sich aussichtslos bemühen, einen Bezugspunkt, einen festen Punkt zu finden, um die Welt aus den Angeln zu heben.

„Du tust mir leid. Aber du widerst mich. Wenn du schon keinen Charakter hast, hättest du das mit etwas anderem ausgleichen können! Antonias Sebastian ist deine treue Kopie. Er hat aber zumindest ein Gehalt. Und noch einer: Garabet. Von Elvira der Mann. Wie, welche Elvira, Gott!? Du fängst an zu verkalken. Ich hörte, dass Männer schnell verfallen. Alzheimer, Alter! Garabet, derjenige, der Sachen aus dem Ausland mitbringt. Immerhin. Wenn ich darüber nachdenke, dass du kurz vor dem Rentenantritt stehst – sicher wirst du mir jeden Tag ordentlich auf die Nerven gehen. Du bist der langweiligste Mann auf der Welt, wie konnte ich bloß so verrückt sein und genau dich nehmen … pampig bist du auch noch!"

Der Gabel geht eine Idee durch den Kopf. Idee ist zu viel gesagt, aber nah dran. Es ist eher eine Vision ihrer selbst, mit allen Zähnen mitten im feindlichen Gehirn zu stecken. Das Blut zeichnet lebendige, rote Spaghetti, die sich über den Schoß ergießen. In dem Augenblick hebt sie den Mund zum Himmel und ihre Zähne suchen nach einem Bezugspunkt, einem lebendigen Ziel.

„Habe ich schon erwähnt, dass du ein Waschlappen bist? Ich sage es dir nochmal. Waschlappen im Bett, Waschlappen auch im Leben. Waschlappen, Waschlappen, Waschlappen. Du hast Glück mit mir, sonst wärest du schon lange in einem Graben verrottet."

Die Gabel lässt locker und liegt nun neben dem Teller. Sie steckt ein. Bis zum bitteren Ende. Das ist das Leben.

DIE GEFANGENE

Nach einigen Stunden beruhigte sie sich und wurde müde. Sie war doch so glücklich und alleine ins Bett gegangen, aber nun, als sie die Augen aufschlug, war sie bereits gefangen. Zuallererst brach sie sich vor lauter Panik ihre Nägel ab, bei dem Versuch, die Knochenwand zu durchbrechen, die sie aus allen Richtungen einengte. Sie blutete. Sie war in diesem engen Raum eingesperrt, ohne zu wissen, wie und warum es dazu gekommen war. Sie wusste auch nicht, wo sie sich befand und was jetzt auf sie zukommen würde. Zu ihrem Grauen merkte sie gleich, dass sie splitterfasernackt war, genauso wie sie gewesen war, als sie unter der Seidendecke eingeschlafen war. Sie befand sich an diesem fremden Ort, der sie gleichzeitig zerquetschte, ihre Brüste zerdrückte, ihre Pobacken presste, an ihren Ellenbogen scheuerte und ihr Schambein berührte. Der Platz war voll dreckiger, warmer Watte, die ihre Haut befeuchtete.

Ein ekliges Gefühl, ein langhaltender Ekel, der ihr kontinuierlich in Nase und Mund drang. Sie hatte den Eindruck, sie müsste sich übergeben. Das Empfinden, als würde sie mit bloßen Händen die Innereien eines Pferdes durchwühlen. Sie konnte es schwer unterdrücken, obwohl sich ihr Magen bis in den Hals drückte. Sie wollte aber ihre Gedärme nicht über die eigenen Beine entleeren. Es stank wie einer vor langer Zeit abgeschlossenen Kammer, schimmlig, es müffelte nach feuchter Kleidung durchzogen von einem Hauch Schweiß. Sie schrie nach Hilfe und wunderte sich, wie gedämpft die Töne aus ihrem Mund strömten. Als hätte sie Holzspäne in den Lungen.

Die Zeit blieb stehen und die anfängliche Panik machte einer tiefgreifenden Depression Platz. Keiner kam, um etwas von ihr zu verlangen. Es wäre egal, was, aber sie wollte nur wissen, was. Leben, Tod, Nacktheit. Und doch hatte sie weder

Hunger noch Durst. Und sie hatte auch nicht das Bedürfnis, aufs Klo zu gehen, was sie angesichts der vergangenen vierundzwanzig Stunden außerordentlich wunderte. Sie steckte einfach in dieser Watte, zwischen diesen Knochen fest. Und irgendwie war auch ihr Kopf nicht mehr derselbe. Ab und zu spürte sie leichte Impulse im Gehirn, wie ein elektrisches Kitzeln. Als ob ihr jemand leichte Elektroschocks zufügen würde, die allerdings nicht unbedingt unangenehm waren. Das Kitzeln stieg von den Achseln herunter, lief an ihrem Herz entlang und hielt am Bauchnabel an. Sie verspürte den Drang, sich zu kratzen, es juckte überall. Eine Weile beherrschte sie sich tapfer – äußerst verwunderlich in Anbetracht der Tatsache, dass sie in ihrem wahren Leben nicht wirklich die vernünftigste Person war.

Dennoch gab sie nach einigen Tagen auf. Es ging einfach über ihren Willen hinaus. Die Impulse liefen ihr durch den Körper, aus dem Bauch heraus bis in die Fersen. Sie berührte ihre Achsel. Nie war das Kratzen angenehmer. Die Erregung zog in die Brüste. Sie berührte mit den Fingerspitzen ihre Nippel und in dem Augenblick ging das Licht an. Die dreckige Watte, die sie eingeengt hatte, wurde neonfarben. Das Knochenkorsett ließ von ihr ab. Die Elektrizität zögerte nicht mehr, sie stieg gewaltig zu ihrer Vagina hinunter. Sie brachte ihre Hand zwischen die Beine und die Knochenfalle wurde breiter. Sie hörte es mit ihren eigenen Ohren, wie das Korsett seufzte und sich lockerte. Es ließ sie einen Schritt nach vorne machen, ihre Beine öffnen. Konfus, erregt und verwirrt fuhr sie fort, sich selbst zu befriedigen und bekam, was sie wollte. Platz, um sich auf dem Boden auszustrecken. Das wurde aber auch Zeit. Der warme Schmerz aus den Beinen floss auf den Boden. In dem Augenblick, als sie zum Orgasmus kam, drehte das Gefängnis durch. Konfetti und Feuerwerk. Ein stechender, männlicher, unangenehmer Geruch überflutete den übrigen Raum.

Danach nahm die Knochenzelle ihre ursprüngliche Form an und zwang so die Frau erneut dazu, sich selbst zu befriedigen, um sich ausruhen zu können. Nun sickerten goldene Flüssigkeiten durch die dreckige Watte. Zusätzlich öffnete sich manchmal in der Wand ein blindes Fenster, beleuchtet von unheimlichen Figuren, die aussahen wie durchsichtige Meeressterne.

Sie schaute zu diesem Fenster, sie schaute weiter und irgendwann bedeckte sie ihr Gesicht mit beiden Händen. Der Biologie-Unterricht lief vor ihrem inneren Auge ab: Das war kein Meeresstern, das war eine Nervenzelle. „Eine Nervenzelle" – sie kreischte vor Wut. Sie verstand es auf einen Schlag (nur Frauen können dies), wo sie war, wie sie dahingekommen war und wer sie dort gefangen hielt.

Sie atmete ein, steckte die Hände zwischen die Beine und machte sich schnell an die Arbeit. Einmal, zweimal, dreimal, zehnmal, hundertmal, ein Orgasmus nach dem anderen, wie aus der Pistole geschossen.

„Hör auf, hör auf!", schrie der verschwitzte Mann mit einer Zeitung unter dem Arm aus dem Nichts.

In der Straßenbahn wird es ruhig, die Mitfahrenden drehen ihre Blicke zu dem Mann, der seine Stirn an die Stange stützt und ab und zu dagegen schlägt. Es wird nicht besser. Er verdreht die Augen, Speichel läuft ihm aus dem Mundwinkel, dann rennt er mit dem Kopf voran gegen das Fenster, zerbricht es mit der Stirn und bespritzt eine vor Angst gelähmte Rentnerin mit Blut.

„Hör auf, du Miststück! Das reicht!"

DIE STIMME DES SCHICKSALS

Angeblich hat man Herrn Vasile nie singen hören. Niemals. Die Musik hasste er nicht. Ganz im Gegenteil. Er verbrachte die Hälfte seiner Zeit mit den Kopfhörern auf den Ohren. Er antwortete höflich, falls ihn jemand fragte, was er sich gerade anhörte. Mehr als das, überraschte er die anderen, indem er Lieder erkannte, die nicht einmal Shazam identifizieren konnte. „Das muss Zubin Mehta sein. Achtundfünfzig, in Wien." Oder: „Wie? Ihr habt noch nichts vom Sideral Modal Quartett gehört?" Und so weiter. Wenn es aber ums Singen ging, um den Mund aufzumachen, um etwas zu summen, hatte man bei ihm keine Chance. Herr Vasiles Mund blieb für immer geschlossen.

Genauso wie sein Leben. Der höfliche, zuvorkommende und bescheidene Kollege verwandelte sich um fünf Uhr nachmittags in einen Fremden. Keiner wusste, ob er verheiratet war oder nicht. Eher nicht. Die Arbeitskollegen wussten nicht einmal, wo er wohnte, bis Fräulein Ela aus der Personalabteilung ihn verriet. Er wohne in Dămăroaia[1]. Es war ein wenig peinlich. Alle hatten, man weiß nicht warum, auf Vitan[2] gewettet. Vasile ging nie ein Bier trinken, rauchte nicht und schien nicht der Typ zu sein, der seine Nächte vergeudete. Keiner sah ihn sich bekreuzigen. Mittlerweile war das mit seiner Stummheit schon aufsehenerregend. Wenn die Arbeit zwecks einer Geburtstagsfeier unterbrochen wurde, brachte er sein winziges Geschenk, sang aber nie beim „Hoch soll er leben" mit. Sie versuchten alles. Der Mann antwortete mit Bescheidenheit: „Wenn ich singe, fallen die Mauern, die Gewässer strömen über und die Erde bebt. So schlecht singe ich. Seid mir bitte nicht böse, ich kann nicht und ich will nicht". Und fertig.

---

[1] Ein sich erweiterndes Viertel mit Villen am Rand von Bukarest, Sektor 1.

[2] Im kommunistischen Stil aufgebautes Viertel in Bukarest, Sektor 3.

Seine Arbeitskollegen waren belustigt. Wie schlecht Vasile wohl sang? „Wer wettet darum, dass ich seinen Mund aufkriege?" Ratet mal, wer damit geprahlt hat! Die Ela aus der Personalabteilung. Es konnte niemand anderes sein. Die flotte Lady hatte schon lange das Geheimnis des Unglücklichen erraten, genauso wie es alle flotten Ladys getan hätten. Vasile liebte sie insgeheim. Woher sie das wusste? Nun, Frauen checken das vom ersten Moment an, wenn er ihnen gleichgültig ist. Wenn sie lieben, sind sie blind, wenn nicht, weisen sie uns sofort mit einem einzigen Blick ab. Es gibt keine sicherere Beute als den schüchternen Verliebten. Dementsprechend organisierte Ela am Freitagabend eine Karaoke-Session bei Mojo[3]. „Es werden alle singen, also werden wir Vasile hören." Nur dass der Mann sofort amüsiert ablehnte. „Das ist nichts für mich und außerdem mag ich Bars auch nicht." Die junge Frau schaute ihm in die Augen und stieß hervor: „Vasile, wenn du mich liebst, kommst du mit. Tu es für mich! Wenn nicht, dann eben nicht." Und in dem Augenblick passierte das Wunder. Der Unglückliche sagte zu. Das sorgte für Aufsehen. Die Clique kam wie immer rein, grüßte den Barkeeper und die Kellnerin, und alle gingen hoch in die erste Etage, wo sich der ganze Kram befand. „Du wirst auch singen müssen. Um uns zu zeigen, was du kannst".

Er nickte, holte sich einen Drink und setzte sich hin. „Ich höre euch besser zu. Fräulein Cristina hat eine wundervolle Stimme. Ich glaube, sie könnte ohne Probleme an einer Talentshow teilnehmen." Standhaft blieb er an seinem Platz und schlürfte durch den Strohhalm sein Getränk. Auch bei der zweiten Runde konnten sie ihn nicht überzeugen. Ela setzte sich neben ihn, nahm seine Hand in die ihrige und führte sie zur Brust. „Falls du mich liebst. Und ich weiß, dass du mich liebst." Ach, wer in aller Welt könnte den Rausch und die Pa-

---

[3] Mojo Music Club (Bukarest).

nik in seinem Gesicht beschreiben, als er auf den Klappstuhl kletterte und sich an das Mikro klammerte? Sie starteten die Musik. Ela, die vor ihm saß, gab ihm ein Zeichen im Sinne von „Nur Mut!" und drehte sich verschwörerisch zu den anderen um. Vasile wartete lange, bis er seinen Mund aufmachte.

Die Wände erbebten und zerbrachen, das Licht explodierte und erlosch, das Wasser quoll aus jeglichen Rohren, der Untergrund stürzte ein und in der nächsten Sekunde zerbrach die Erde in zwei Teile, die sich fortan vereinsamt um sich selbst und um die Sonne, bis ans Ende aller Tage drehten.

DIE GRÜNEN BRÜSTE

Obwohl sie erst fünfzehn ist, ein Alter, in dem man sich für alles Mögliche begeistern kann, leidet Adela fürchterlich. Tatsächlich, sagt sie. Für Adela ist das Wort tatsächlich wie das Leben, und zwar weil Gott gemein und ungerecht war. Wie jedes Mädchen in ihrem Alter sieht und bewertet sich Adela nur durch die Augen der Jungs. Sie könnte die Dümmste der Dummen, die Doofste der Doofen sein, aber wenn die gierigen Blicke der Jungs sie ins Visier nehmen und der Reihe nach ausziehen, ist der Kampf verloren. Deswegen versinkt sie in Selbsthass. Sie wird sich selbst nie mit Liebe betrachten können. Davon ist sie fest überzeugt.

Nennen wir also das Kind beim Namen. Was ihr wehtut: Adela hat kleine Brüste. Sehr kleine. Nur wenn sie ihre Brüste hochschiebt und ihren BH mit Watte ausfüllt, kann sie behaupten, dass sich ihre Bluse wölbt. Jeden Morgen betrachtet sie sie im Spiegel. Sie redet ihnen gut zu, fleht sie an: „Na kommt schon!" Umsonst! Immerhin ist sie schon fünfzehn und weiß, dass sie, von allein und sich selbst überlassen, niemals wachsen werden. Das Wort „niemals" treibt ihr Tränen in die Augen.

Sie versteckt sich auf dem Dachboden, bis die Mutter mit dem garstigen Mann von der Bank fertig wird. Ein garstiger Mann mit Ledertasche, der schreit, wenn er redet. Sobald sie sich von der Tyrannei ihres kleinen Bruders befreit, ist Adela kampfbereit. Sie hat mühsam Dill gesammelt und eine Wunder wirkende Tinktur vorbereitet. Vor der Realität auf den Dachboden entflohen, macht sie jetzt den Oberkörper frei und legt sich vorsichtig die grünen Kompressen auf. Der Dill wirkt und die Tinktur scheint das Wundermittel schlechthin zu sein. Danach nimmt sie ein Buch und liest. Was kann man denn sonst tun, wenn man allein auf der Welt ist? Beim Lesen vergeht die Zeit sogar schneller. Das unangenehme Gefühl verschwindet rasch, weil Adela eine leidenschaftliche Leserin ist. Sie steigt in das Buch ein wie in eine Badewanne und taucht in die fremde Welt als wäre es Badeschaum. Ab und zu erwischt sie sich dabei, dass sie sich mit lauter Stimme fragt, ob Mr. Darcy jemals in Elizabeth Bennets Dekolleté geguckt hat und ob es da was Sehenswertes gab. Im Film konnte man es sehen, aber der Film zählt nicht – da kann man sich alles aussuchen! – weil man nämlich sagt, dass die Engländerinnen wie Bretter seien. Danach schaut sie sich ihre Kompressen an und spürt, oh Gott, das Wunder wird vollzogen! Es juckt, es brennt, also passiert etwas! Nach zwei Stunden Träumerei kehrt sie zurück auf die Erde. Sie entfernt die Wickel und spürt im gleichen Augenblick ihren Tod. Die Brüste sind nicht gewachsen, aber sie brennen sehr und sind grün-lila. Die Farbe ist in die Haut eingezogen wie ein Tattoo.

Vom Regen in die Traufe! Sie zieht sich an, knöpft alles bis zum Hals zu und rennt ins Badezimmer. Verzweiflung breitet sich aus. Jetzt ist es kein Spaß mehr. Sie zieht sich wieder aus und guckt in den Spiegel. Das kalte Licht lässt ihre Brüste grausam aussehen. Sie seift sich ein. Nichts. Sie nimmt den rauen Duschhandschuh und fühlt, dass sich ihre Haut ablöst. Das Grün gibt nicht nach. Die Verzweiflung steigt ihr den Hals empor. Mit Waschlauge versucht sie es auch. Das Grüne hält. Heißes Wasser – so heiß wie sie es nur ertragen kann. Ergebnis: null. Diese unglücklichen Kleinen, die sie nur mit großer Mühe Brüste nennen kann, tun ihr weh, als ob sie enthäutet wären.

Sie fängt an, lautlos zu heulen, weil sonst ihre Oma, die nebenan mit dem Hörrohr an der Wand lauscht, beginnt, sie auszufragen. Der befreiende Gedanke des Selbstmordes geht ihr plötzlich durch den Kopf. Ihr Leben hat keinen Sinn mehr: Sie ist die Loserin der Loserinnen. Die schreckliche Vorstellung von sich selbst in fliederblauer Farbe, mit weit aufgerissenen, hervorstehenden Augen, heraushängender Zunge, vollgepinkelt und vor allem mit den grünen Brüsten, der Gaffer-Menge von der Gerichtsmedizin ausgeliefert, bringt sie allerdings dazu, sich schaudernd zu schütteln. Es gibt keinen Ausweg. Keinen Ausweg. Was für ein Scheißleben!

Genau in diesem Augenblick stürmt die Unverschämtheit in Form ihres Bruders, ohne an die Tür zu klopfen, ins Badezimmer. Das Mädchen versucht umsonst, ihre winzigen Brüste zu bedecken. Der unerwartete Gast sieht sie, bleibt einen Augenblick mit aufgerissenen Augen stehen, und dann hechtet er zur Tür: „Adela hat grüne Titten! Adela hat grüne Titten!" Seine Stimme schallt wie eine Trompete. Ihre Mutter hört es, ihr Vater hört es, das ganze Haus hört es.

Bis zum Abend weiß das ganze Viertel, dass die Streberin der Familie Protopopeşti ein perverses Flittchen ist.

Adela geht eine Woche lang nicht aus dem Haus und ihre Mutter, die ein Monster zu sein schien (und bis zu diesem Zeitpunkt auch war), besorgt ihr ein Attest für eine Woche, bleibt bei ihr, streichelt ihren Kopf und quatscht sie mit allem Möglichen voll. Adelas Unglück ist nun einigermaßen verbunden, eitert aber aus allen Narben.

Nach einer Woche fasst sie sich ein Herz und geht zur Schule. Jeder weiß es, prustet und spaßt. Adela versteht, dass ihr Leidensweg lang und schmerzhaft sein wird. Sie ist entschlossen durchzuhalten. Sie wird die Zähne zusammenbeißen. Bis zum Sommer ist es nicht mehr lange. Sie besteht die Prüfung, kommt aufs Gymnasium und fertig. Es wird zu Ende gehen.

Aber die Einsamkeit ist schwer. Keiner will ihr eine Chance geben. Nicht mal die dicke Sorina, der die Unterhose im Chemie-Unterricht runtergerutscht war, wurde so verstoßen. Auch nicht Cornel, der auf dem Klo mit einer Porno-Zeitschrift in der linken Hand fotografiert wurde, erlitt so eine Behandlung! Adela erfährt es genau jetzt, am eigenen Leib, wie die Blicke der anderen brennen können. Ah, verdammte kleine Brüste!

Nach der Schule kehrt sie allein und betrübt nach Hause zurück. Und gerade, weil sie allein ist, denkt sie, dass sie in Ruhe heulen kann. In dem Moment, in dem sie ihr Taschentuch herausnimmt, tippt jemand auf ihre Schulter. Es ist Andrei, der Sohn des Bürgermeisters. Der reichste Sohn der Stadt und wahrscheinlich auch der reichste des Universums. Adela beißt die Zähne zusammen. Alle wissen, wie arrogant und eingebildet er ist. Aber er lacht nicht und stellt ihr auch kein Bein.

Er sagt bloß: „Ich find's cool, was dir passiert ist", und tritt an ihre Seite, ohne Faxen zu machen, wie sonst in der Schule.

Adela schweigt, auf das Schlimmste gefasst, widersetzt sich ihm aber nicht. Kein Mädchen der Welt würde den Märchenprinzen wegstoßen.

„Möchtest du nicht mit mir reden?", fragt er nach einer peinlichen Minute, in der sie planlos herumlaufen.

„Doch, aber du wirst mich auslachen und das ist unerträglich."

„Komm schon … grüne Brüste! Kannst du dir vorstellen, dass du das stärkste Mädel im Universum bist? Ich würde mein Leben geben, um ein paar grüne Brüste zu sehen."

Adela bleibt stehen, starrt ihn lange an und sucht in Gedanken, mit Blitzgeschwindigkeit, nach einem abgeschiedenen, dunklen Platz, den niemand kennt, wo der gutaussehende junge Mann *tatsächlich* sein Leben für sie geben kann.

DAS VERSTECKSPIEL

Zwischen dem Teenageralter und der Jugend befindet sich das Niemandsland. „Acht, neun, zehn … ich komme!" Stille. Eine unheimliche Stille. Die Kinder sind davongerannt wie flinke Wiesel. Beim heutigen Versteckspiel zielt jeder auf etwas Höheres im Leben: eine Riesenwette mit dem Schicksal. Es ist ein Jahrhundertereignis, ein Wunder. Silviu, der Held des Viertels, der unruhebringende Schwarm der Mädels, der Anführer der Gang, der furchtlose Mann, der Schatzsucher, der geheimnisvolle Prinz, ist dabei. Er tauchte unter ihnen auf und verteilte mit einem verschmitzten Lächeln unter seinem blonden Schnauzer Bonbons. Er bot an, mit ihnen zu spielen. Das erschütterte die Gang, das erschütterte die Geschichte, das erschütterte die Unendlichkeit … Silviu lehnte brav seine Stirn an die Wand, gestützt auf seinen trainierten Unterarm (aber wie viele Kids wissen schon, was das ist?!?). Dann fing er an zu zählen: „Eiiiiiiiiiiiiiiiins, zweiiiiiiiiiii …"

Die ganze Schar zischte davon, so wie sie noch nie gezischt waren, mit beflügelten Fersen. In den Köpfen der Kinder blitzten Ideen, sie schmiedeten Verstecke aus dem Nichts und überall.

Anika versteckte sich zwischen Mais und Paprika. Nelle, die Helle, rannte in die Pfütze wie ohne Bremse in die Themse. Hanne Meyer störte die Henne und ihre Eier, danach war sie in Not, denn überall verteilte sie den Kot. In der Speisekammer wühlte Daniel im Mehl wie ein Kamel. Klaus ging raus, duckte sich zwischen Ferkel und Schwein. „Sei still, lass das Grunzen sein, dann ist dieser Keks dein!" Hannelore fand Kupfer, Nickel und Eisenrohre, in der Garage voller Schrott vom Onkel Scott. Tina schlich sich sogar ins Lehrerzimmer, hinter den Beamer. Unternahm nicht mal den Versuch, ein' Blick zu werfen in das Klassenbuch. Fritz beschäftigt mit seinem Antlitz, verpasste den Witz. Nun ist er in der Wäschetruhe und hat dort keine Ruhe. Es riecht nach Schimmel und Lavendel, husten muss der Bengel. Hagen verschob den „Kleinen Wagen". Nämlich das Fernrohr von Opa Mohr. Mindestens fünfzig Jahre hat er es. Uropa brachte es aus fremdem Orte, oder es gehörte Ururopa Korte. Genau weiß man es doch nicht, es ist der kostbare Schatz aus Familiensicht. Mone setzte sich hinter die Tonne, zwischen dem Haus von Tante Kraus und dem Fass vom Onkel Brandt. Wie bereits gesagt, war die ganze Gang mit von der Partie, jedem mit dem Besten, was er zu bieten hatte. Seltsames. Einzigartiges. Oder einfach nur Glück.

Und sie erwiesen sich als Meister in der Kunst der Allgegenwärtigkeit, in der Kunst des Tarnens und im Verschwinden von der Erdoberfläche, sowie auch von jedweden Gegenständen und Lebewesen. In der ganzen Welt rührte sich nichts mehr.

Silviu war fertig mit dem Zählen. Er hatte die Zahlen lang gedehnt ausgesprochen. Mit dem Vergnügen dessen, der weiß, aber nicht verrät. Er durchforscht die Gegend. Er weiß, dass Anika im Maisfeld ist, Ernest in dem Nest, Daniel in der Speisekammer, Klaus im Schweinestall, Hannelore in der Garage und die anderen, wie eben erwähnt. Alle Kinder warten gespannt – es ist Silviu, der Held! – und wagen nicht sich zu rühren. Selbst nicht wenn Jahrhunderte vergehen sollten.

Aber er schmunzelt nur, entspannt dreht er sich eine Zigarette, zündet sie an und ruft:

„Hannelore, komm raus aus der Garage!"

Hannelore spaziert aus ihrem leichten Versteck und zupft ihre Bluse zurecht über ihren jungen Brüsten, die so knackig sind wie frisches Obst mit braunen Kernen. Sie tritt unerschrocken vor ihn und sagt:

„Küss mich, es ist keiner mehr hier!"

SONNENBRILLEN, PARALLELE GESCHICHTEN

Matei nimmt seinen Lieblingsplatz auf der Terrasse ein. Die Sonne lässt seine grünen Augen größer wirken. Er setzt sich seine Sonnenbrille auf die Nase, bestellt einen Kaffee und packt seine Zeitung aus. Matei ist Rentner und wahrscheinlich der einzige Leser der lokalen Zeitung. Ab und an blickt er von seiner Zeitung auf und schaut durch das Fenster, das zwischen der Brille und den Augenbrauen entsteht, also über den Brillenrand durch den Raum.

Heute haben alle dunkelhaarigen Frauen um ihn herum ähnliche Sonnenbrillen wie seine. Groß, mit einem Vollrahmen in Leo-Fassung. Verwundert lässt er die Zeitung zur Seite sinken und blickt die Frauen forschend an. Das einzige gemeinsame Element sind die Brillen. Ach, doch nicht. Links und rechts von ihm sitzen zwei Dunkelhaarige, jede neben einer braunhaarigen Freundin. Sie schlürfen den Kaffee und rauchen dünne Zigaretten. Die jungen Frauen sehen sich überaus ähnlich, vor allem um die Nase und das Kinn. Beide tragen ein schwarzes Deux-Pièces mit feinen Streifen, eine helle Bluse und leichte, dünne Tücher um den Hals. Erstaunlicherweise ähneln sich sogar ihre Schuhe, zumindest im Blick auf das Material: Stiefeletten aus Wildleder. Nun gut, bei der einen ist die Spitze ausgeschnitten, sonst hätte Matei gedacht, er befände sich vielleicht bei der Versteckten Kamera. Die beiden sind in ein Gespräch vertieft. Matei steckt die Nase wieder zwischen die Zeitungsseiten und spitzt die Ohren. Er sitzt auf einem hervorragenden Platz und hört alles.

Die linke Dunkelhaarige: „Nein, nein, nein. Ich kann nicht glauben, dass ein Mann e i n f a c h   s o Blumen mitbringt, weil man scheißschöne Augen hat. Das ist nicht normal und nicht fair. Das kann nicht stimmen. Die Blumen haben eine Seele, das weiß doch jede Frau …"

Die Freundin der linken Dunkelhaarigen: „Na ja …"

Die linke Dunkelhaarige: „Süße, Handlungen bringen Konsequenzen mit sich. Das solltest du wissen. Das eine gibt es nicht ohne das andere." (Sie gibt der dusseligen Kellnerin ein Zeichen.) „Brauner Zucker, sagte ich, junge Dame. Brauner Zucker. Also, ja. Ich sagte, »Ja«. Nun gut, weißt du, was für welche das waren? Weißt du, was er mir gebracht hat? Callas."

Die Freundin der linken Dunkelhaarigen: „Das kann ich nicht glauben!"

Die linke Dunkelhaarige: „Süße, wenn ich es doch sage ..." (Sie rührt ihren Kaffee um.) „Ich war verblüfft ... Das ist ein Zeichen. Das Zeichen."

In diesem Augenblick hört Matei die schrillere Stimme der Dunkelhaarigen an der rechten Seite:

Die rechte Dunkelhaarige: „Hortensien! Stell dir vor! Er hat mir Hortensien gebracht. Darf ich mal fragen, woher er das wusste? Ich habe es nie jemandem erzählt, dass ich Hortensien mag."

Die Freundin der rechten Dunkelhaarigen: „Mir hattest du es gesagt."

Die rechte Dunkelhaarige: „Du zählst aber nicht. Matei konnte das nicht wissen. Ich habe euch vorgestern vorgestellt. Hast du das vergessen?"

Matei macht große Augen und zieht die Augenbrauen hoch.

Die Freundin der rechten Dunkelhaarigen: „Aber Laura auch."

Die rechte Dunkelhaarige: „Laura zählt auch nicht. Jetzt sei nicht so ... Ich habe ‚Ja' gesagt."

Die Freundin der rechten Dunkelhaarigen: „Du hast ‚Ja' gesagt?! Ich glaube es nicht! Wann, wie?"

Die linke Dunkelhaarige: „Manchmal spürt man es. Hör mir zu, man spürt es einfach. Da wird einem innerlich warm. Matei hat, hatte diese Augen, die ein warmes Kribbeln verursachen."

Die Freundin der linken Dunkelhaarigen: „Schmetterlinge im Bauch. Ja. Ich kenne das."

Matei hatte schon längst die Zeilen der Zeitung aus den Augen gelassen. Sie registrieren nichts mehr, so als ob das Gehörte ihm eine Hand über die Augen hielte.

Die linke Dunkelhaarige: „Ah, von wegen Schmetterlinge. Schmetterlinge gibt es nur in den Büchern. Ich sage dir, woher das kommt. Aus der Fo …"

Die Freundin der linken Dunkelhaarigen: „Süße … sei doch nicht so vulgär. Du weißt, ich ertrage das nicht."

Die Freundin der rechten Dunkelhaarigen: „Süße …"

Matei wünscht sich, er wäre klitzeklein, wie eine Fliege.

Die rechte Dunkelhaarige: „Ich sage es dir gleich am Anfang, damit es später keine Diskussionen gibt. Er schien der coolste Mann auf Erden zu sein. Er war alles, was eine Frau sich nur wünschen könnte. Stets rücksichtsvoll, selbstbewusst, zärtlich – aber nicht wie ein Weichei – du weißt schon, eher diese männliche Zärtlichkeit."

Die Freundin der linken Dunkelhaarigen: „Ah, die Männer heutzutage."

Die Freundin der rechten Dunkelhaarigen: „Ah, die Männer heutzutage."

Die rechte Dunkelhaarige: „Was passieren musste, ist nun mal passiert! Gestern. Heute Nacht."

Die Freundin der linken Dunkelhaarigen: „Mach' mich nicht verrückt!"

Die linke Dunkelhaarige: „Wenn du wüsstest, wie gut ich mich vorbereitet hatte. Brasilianisches Wachsen, rotes Kleid, Allüre …"

Die Freundin der rechten Dunkelhaarigen: „Wie, du hast die Amouage-Flasche geöffnet? Du bist verrückt. Du hast doch gesagt, die hebst du für die wahre Liebe auf!"

Die rechte Dunkelhaarige: „Ja, ich habe sie geöffnet."

Die linke Dunkelhaarige: „Ich habe Duftkerzen angezündet. Leise Musik angemacht. Die Jalousien runtergezogen. Und dann kam Matei."

Die rechte Dunkelhaarige: „Aber mit fünf stockbesoffenen Partylöwen im Schlepptau! Ich sei die Beste. Die wunderbarste. Das großartigste Weib im ganzen Betrieb. Es gäbe keine wie mich. Er stank wie eine Kneipe."

Die linke Dunkelhaarige: „Mit seiner Freundin! Er klopfte an meiner Tür Arm in Arm mit seiner Geliebten! Die blöde Kuh solle mich kennenlernen, damit sie nicht eifersüchtig sei! Ich sei diese Kollegin! Ja, Kollegin, so hat er mich genannt! Oh mein Gott!"

Matei bleibt wie versteinert mit dem Kopf tief zwischen den Schultern und den Zeitungsblättern. Er wartet, dass die Erde aufbricht und ihn verschluckt. Er fühlt sich mit den unbekannten Namensvettern verbunden, wie Fleisch aus deren Fleisch. Die zwei Dunkelhaarigen mit ihren riesengroßen Sonnenbrillen und den schwarzen, gestreiften Deux-Pieces blicken durch ihn hindurch wie durch ein Fenster. Sie ignorieren ihn, nehmen nur sich gegenseitig wahr, messen sich leicht verachtend („Schau dir doch die blöde Kuh an, wie sie mich nachmacht") und führen gleichgültig das Gespräch weiter:

„Kannst du dir das vorstellen, Betty?"

„Hättest du das gedacht, Angie?"

BELANGLOSIGKEIT

„Tausend Lei, mein Herr …"

Der Herr schüttelte schnell und unzufrieden zweimal den Kopf und unterbricht ihn:

„Um Gottes Willen …"

Der Mann schaut kurz zu seiner Frau und fährt fort:

„Unter eintausend geht das nicht … Wir haben es uns noch einmal überlegt …"

Der Herr schüttelt erneut mit dem Kopf und streckt genervt die Arme aus:

„Was haben wir eben abgemacht? Was haben wir abgemacht? Was soll das heißen, wir haben es uns noch einmal überlegt? Hört auf!"

Der Mann hält inne. Seine Frau schluckt und blickt in die Ecke. Sie mustert die afrikanische Statue aus Ebenholz. Diese gefällt ihr nicht. Sie betrachtet die Bilder an den Wänden. Mit Hunden, vielen Hunden. Und pummeligen Engeln. Die Bilder sind schön, auch wenn die Hunde ein wenig grausam aussehen.

„Haben Sie die gemacht?"

Der feine Herr schnaubt. Er zieht den Gürtel seines Hausmantels stramm, klemmt dessen Ende fest und führt das Gespräch fort, ohne die Frage zu beachten.

„Eintausend Lei? Seid Ihr beide verrückt? Bin ich eine Gelddruckerei? Wir hatten vierhundert vereinbart und jetzt kommt ihr zu mir mit heimlichen Abmachungen? Wie kommt ihr auf eintausend?"

„Eintausend brauchen wir. Was sind eintausend Lei für einen wie Sie?" Die Hand des Herrn will ihn schon aufhalten, aber der Mann lässt nicht locker. „Für Sie ist es doch nur Kleinkram! Es ist das Teuerste, was wir haben. Das geht so nicht, Gott wird uns strafen. Wir sind doch alle nur Menschen."

„Genau das. Wenn wir Menschen sein würden, hätten wir ein Ehrenwort und Schamgefühl. Ihr seid Schlawiner und habt auch solche Erwartungen … Ich hatte zu euch am Telefon vierhundert gesagt. Ihr wärt besser nicht mehr gekommen. Es gibt noch unzählige Angebote. Wenn es euch nicht passt, bleibt zu Hause. Ich schlag' nicht ein. Mit solchen Schlawinern habe ich nichts zu besprechen. Auf Wiedersehen."

Die Frau löst ihren Blick aus der Ecke des Zimmers und mischt sich ein:

„Trotzdem, lieber Herr, wir haben es uns anders überlegt. Wir opfern uns auf. Das ist das Teuerste, was wir haben. Das geht so nicht, nicht gratis."

Ihr Mann greift die Idee auf und setzt noch einen drauf:

„Es muss sich lohnen. Alles hat seinen Preis."

„Meint ihr, ich betrüge euch? Das ist doch nur für einen Abend. Wer vierhundert an einem Abend verdient, der hat es geschafft. Was ist daran unklar?"

„Wir haben auch so unsere Kosten. Die Waschmaschine. Für den Fernseher müssen wir noch drei Raten abbezahlen. Das Geld genügt uns nicht mehr. Die Nebenkosten."

„Hört auf!"

Der Herr steht auf und während er den Gürtel des Hausmantels über der geballten Faust gewickelt hält, kommt er dem Mann im grünlichen Sakko näher.

„Was für ein Hundesohn du bist! Sag mal ganz ehrlich, du brauchst die Kohle für Alkohol, du stinkst auf einen Kilometer Entfernung. Vierhundertfünfzig und ihr verschwindet."

„Ich? Auf keinen Fall, Gott bewahre … Ich trinke nicht, das kommt vom Essig. Eingelegte Paprika in Essig, ich schwöre es bei allem, was mir heilig ist. Anca, sag doch was. Mindestens neunhundert …"

„Das lohnt sich nicht! Fertig! Verzieht euch! Ich bin kein Banker. Wenn es euch passt, gut, wenn nicht, zieht Leine. Ihr langweilt mich jetzt schon."

„Kommen Sie, neunhundert. Ist sie nicht neunhundert Lei wert? Anca, sag doch auch was! Ist sie das nicht wert? Was fehlt ihr? Ist sie nicht gut genug für den feinen Herr? Ich habe Ihnen gesagt, He ..."

Der Herr kommt ins Grübeln.

„Wie alt ist sie, um genau zu sein? Fünf? Oder sechs? Hatten wir nicht etwas von vier gesagt? Seht ihr? Was sollen diese schlechten Witze sein?"

Die Frau mischt sich ein:

„Achthundert, das ist der letzte Preis."

Der Herr geht zum Bürotisch, schreibt etwas auf einen Zettel, dann drückt er einige Tasten auf dem Telefon. Zwei Minuten vergehen. Er schaut sich noch einmal die Belanglosigkeit an und sagt:

„Fünfhundert, und ihr zieht Leine. Ich finde sie nicht besonders. Und auch nicht gut. Einfach gar nichts."

Die beiden ziehen sich zurück, flüstern und gucken ihn schräg von der Seite an.

„Siebenhundert."

„Seht ihr, dass es geht? Auf der Stelle, sechshundert."

Er holt drei gelbe Scheine aus seiner Brieftasche.

Der Widerstand löst sich sofort auf. Vielleicht hat dieses gelbe Plastik eine größere Kraft, die uns auf immer unverständlich bleiben wird. Die Eheleute treten vor und der Herr streckt ihnen den rechten Arm entgegen. Er übergibt ihnen voller Ekel das Geld.

Der Mann will ihm die Hand schütteln. Doch der Herr weicht ihm wie einem giftigen Frosch aus. Die Frau läuft zu der von der Stehlampe stark beleuchteten Ecke und bückt sich. Das Mädchen im rosa Kleidchen, mit knielangen, weißen Söckchen und einem karierten Jäckchen war bislang mucksmäuschen still.

„Mein Spätzchen. Du sollst brav sein."

Der Herr kommt und nimmt das Mädchen an die Hand. Er streichelt ihr über den Kopf, hebt ihr Kinn an und schaut ihr in die Augen.

„Komm mit dem Onkel, es wird alles gut werden. Wir spielen ein wenig. Ich habe Bonbons und eine Puppe. Weißt du, dass du richtig hübsch bist? Erschreck dich nicht, das wird wie in den Märchen sein ... Ich werde dir nichts Übles antun. Hier ist der Himmel auf Erden."

Er zuckt zusammen und wundert sich, dass die beiden Schurken noch in der Nähe sind.

„Seid ihr immer noch nicht weg? Es ist jetzt fünf Uhr. Um zehn kommt ihr wieder und holt sie ab. Schnell, zieht Leine, ich habe keine Zeit. Und zieht die Tür hinter euch zu.

DER MANN EINER EINZIGEN FRAU

Man sagt ich sei ein glücklicher Mann. Ich besitze eine kleine eigene schicke Wohnung, die ich vor der Finanzkrise abbezahlt habe. Ich habe einen netten, nicht anspruchsvollen Arbeitsplatz, werde fristgerecht bezahlt. Ich bin wissenschaftlicher Mitarbeiter an der Universität, ich liebe was ich tue, für mich ist das keine Arbeit. Ich habe sogar eine eigene Sendung bei einem staatlichen Sender. Das Studio ist kleiner als mein ganzes Wohnzimmer, bringt mir aber ein zusätzliches Verdienst und den Gruß der Verkäuferinnen aus den Kiosks im Erdgeschoss des Hochhauses. Wie es bei mir mit der Liebe läuft? Hier verkompliziert sich alles, ist aber keine große Sache. Meine Freunde sehen immer nur das Eine: pures Glück. Ich habe Erfolg bei den Frauen. Ich bekomme Frauen ganz leicht rum. Wöchentlich, sogar in den Clubs, in denen man kein Bild und keine Idee von meinem kulturellen Status hat. Ich bin, wie man so sagen würde, Homme à Femmes. So erscheint das äußerlich und es schaut nicht schlecht aus.

Eigentlich habe ich ganz strikte Kriterien, genau wegen der Tatsache, dass ich im universitären Umfeld arbeite. Ich fange nie etwas an mit Studentinnen, die in der ersten Reihe sitzen, Lippenstift aufgetragen haben, aufgetakelt sind und sich anbieten, die ganz bescheiden mit breiten Beinen sitzen, ihre Augen schließen und dabei ihre Lippen anfeuchten, weil sie das irgendwo so gelesen haben. Nein. Niemals bei den Vorlesungen, nicht zwischen den Vorlesungen. Niemals während ihrer Studienzeit. Ein Tag oder eine Stunde nach der Abschlussprüfung – ja. Davor – nicht. Erst dann ist das Angebot seriös und unverbindlich.

Aber das ist nicht unbedingt die blanke Wahrheit. Einmal hatte ich einen Fehltritt. Ein einziges Mal, es sollte nicht zählen. Ich habe mich in eine Studentin verliebt. Und Verliebte sind dumm und unbedacht. Man hätte sagen können, es war pure Leidenschaft. Ich habe meinen Verstand verloren. Die junge Frau ist zu mir gezogen und für ein Jahr war ich der glücklichste Dozent. Ich brachte ihr alles bei, was ich wusste, und sie brachte mir alles bei, was sie wollte. Ich hatte aber kein Glück. Ich wurde verlassen – das ist das richtige Wort – am zweiten Tag nach der Prüfung. Das mag wohl die Ironie des Schicksals sein, sagte ich mir mit zerfetztem Herz und Verstand. Ich kam darüber hinweg. Schwer, aber ich kam darüber hinweg. Ich kehrte zurück zu meinem alten Lebensstil, worum mich meine Freunde beneideten. Das passte ganz gut zu mir. Aber nicht darüber möchte ich sprechen.

Letztens war ich das Objekt einer Versteigerung. Um Geld für einen guten Zweck zu sammeln, bot mir eine gemeinnützige Organisation an, das Objekt dieser Versteigerung zu sein. Die Frau, die gewinnen würde, sollte in einem schicken Restaurant mit mir zu Abend essen. Ich lachte. Das wird nichts bringen, sagte ich mir, was für ein Dummerchen würde einen kleinen Dozenten ersteigern? Das kam aber nicht so. Darüber hinaus war die junge Frau, die mich gewann, weder dumm noch hässlich. Ich schaute belustigt zu ihr, wie sie ihre Scham und ihre Zurückhaltung bekämpfte, während wir uns an den Fenstertisch für zwei setzten. Wie sie sich zwischen Du und Sie nicht entscheiden konnte. Ich schmunzelte, meine Verkrampfung war verschwunden, und ich sagte zu ihr:

„Lass uns nicht so tun als ob, ich beiße nicht und fresse auch keine Menschen. Du hast mich ersteigert, ich war damit einverstanden, das ist ein Spiel. Wenn du etwas wissen möchtest, frag mich. Wenn du neugierig bist, frag mich. Stell dir vor, wir würden uns schon lange kennen und dann wird es okay sein."

Sie entspannte sich, sonst wäre der Abend ungenießbar geworden. Ich sagte einen dezenten Witz, sie erzählte einen unter der Gürtellinie. Wir haben gelacht. Wir entdeckten gemeinsame Leidenschaften, Bücher, Filme und Musik. Als der

Kellner kam und fragte, ob wir bezahlen möchten, bestellten wir noch eine Flasche Wein und schwatzten weiter. Plötzlich sagte sie mir, dass sie schon lange einen Blick auf mich geworfen hätte, dass sie mich auf jeden Fall ersteigert hätte.

„Warum hast du mich bislang nicht einmal angerufen? Was du sagst, ist völlig sinnlos. Was zum Henker …"

Sie zögerte kurz: Sollte sie es mir sagen, sollte sie es mir nicht sagen? Sie sagte es mir:

„Ein Anruf ist so etwas wie eine Anmache, ich wollte aber mit dir sprechen, dich kennenlernen."

Ich weiß nicht warum, aber diese Worte erwärmten mein Herz. Sie war im gewissen Sinne der verlorenen Geliebten ähnlich. Sie hatte eine fusselige Stimme, fast zerbrochen, sehr verführerisch. Sie streckte mir ihre Hand hin. Ich nahm sie sanft. Die Berührung war aufregend. Ich wunderte mich. Das tote Gefühl erwachte, das spürte ich sofort.

„Willst du noch bleiben?"

„Nein, lass uns einige Schritte gehen."

Mit der größten Selbstverständlichkeit der Welt habe ich meine Hand um ihre Schulter gelegt und sie legte ihre um meine Taille. Ich bin nicht allzu groß, aber sie war klein, genau passend für meine Umarmung. Wir spazierten sinnlos umher durch die Stadt und erst dann fing ich an darüber zu sprechen, wer ich bin, was ich glaube, was ich will. Wenn nötig, fließen die Worte auf andere Weise ineinander, sie besitzen sowohl etwas Verlockendes voller Begehren wie auch etwas Helles, Idealistisches. Sie hörte mir mit gesenktem Blick zu, ab und an schaute sie mich an. Danach sprach sie. Als sie eine Pause machte, küsste ich sie. Sie erwiderte den Kuss.

Wir sind zu mir hoch gegangen und haben ohne weitere Worte bis zur Erschöpfung gevögelt. Wie zwei Verliebte, die für eine Weile von einem feindlichen Schicksal getrennt worden sind, so würde ich das nennen. Ich mache Witze, aber es war wunderbar.

Ich war schon wieder verliebt und erschrocken von der Geschwindigkeit meiner Gefühle. Ich habe ihr sogar gesagt, dass ich sie liebe, ohne lange darüber nachgedacht zu haben. Ich wusste, sie wird mir antworten.

Plötzlich brach sie in Tränen aus. Ein schluchzendes, haltloses Weinen, das ihre Brüste zum Beben brachte. Ich habe sie umarmt, aber sie entzog sich mit Entschlossenheit.

„Nein, nein, nein. Lass mich."

Ich brachte ihr einen Tropfen Whisky, den sie in einem Zug schluckte.

„Habe ich etwas Falsches getan?"

Sie schüttelte den Kopf. Nein, nein. Ich wusste nicht mehr, was ich tun sollte. Erst dann erzählte sie mir ihre wahre Geschichte. Sie liebte einen verheirateten Mann mit zwei Kindern. Sie wartete seit einiger Zeit auf ihn (vergeblich) und wird ewig auf ihn warten. Mir blieb der Mund offenstehen. Und was war dann das? In ihr flammte blitzartig Leidenschaft auf, entlud sich und dann wartete sie weiter.

„Wie viele?"

„Wie viele was?" – und sie schwieg, weil sie ganz genau verstand.

Es folgte ein bedrückendes Schweigen (wie der Tod, würde man sagen, dabei war es einfach nur völlig peinlich). Sie zog sich an, bedacht, penibel und ging. Nackt wie Adam lag ich mitten auf dem Bett und wagte es nicht einmal zu atmen. Ich hätte mein ganzes sprichwörtliches Glück gegeben, meine Wohnung, meine Arbeit und die Sendung, um zumindest für eine Sekunde jener Mann mit Frau und Kindern zu sein, nur um ihr zu gehören.

Vielleicht bin ich ja der Mann einer einzigen Frau, aber dieses Mal ist es auch nicht dazu gekommen.

DIE ELEKTRISCHE MUTTER

Meine Mutter umgab sich immer mit seltsamen Dingen, denn sie war gefährlich. Schon früher sagte man von ihr, dass sie unter Strom steht, an jedem Finger 10000 Volt. Und die Spannung in ihren Augen sorgte dafür, dass ihre drahtigen, vorzeitig ergrauten Haare hoch zu Berge standen. Das Erste von ihr, an das ich mich erinnern kann, sind ihre Handschuhe. Sie hatte sie in rauen Mengen: rosa, froschgrün, lila, flieder, kobaltblau. Man hätte nicht geahnt, dass sie alle aus Gummi waren. Mit meinen eigenen Augen sah ich, wie sie den Kleinen stillte (der Kleine ist mein Bruder, und falls ihr es noch wisst, er ist wirklich klein). Sie zog sich eine Art Gummiriemen wie von einem Zaumzeug an, mit Gummibrüsten in Birnenform und stillte ihn. Kein anderer hätte ihr sein Kind anvertraut – kurz gesagt: Keiner sprach mit ihr, so gefährlich war sie. Wenn wir auf die Straße gingen, wurden die Fensterläden geschlossen und die Türen versperrt. Keiner spielte mit uns ihretwegen. *Die Kurzschluss-Kinder*, so riefen sie nach uns, das hörte ich Tag ein, Tag aus. Sodass wir ganz einsam groß geworden sind. Wir sprangen nicht über die Zäune, weil man sie mit Stacheldraht und Glasscherben sicherte. Wir gingen nicht zur Schule, weil der Pförtner uns mit seinem Stock davonjagte. Niemand hielt es für nötig, uns Beachtung zu schenken. Obwohl ich die Nachbarn hinter den Vorhängen erspähte, wie sie uns musterten, als seien wir wer weiß was für Kreaturen. Zum Glück waren wir zu zweit. Eigentlich hätte ich lieber einen älteren Bruder gehabt, der mich beschützt. Es ist uncool, eine alleinerziehende elektrische Mutter zu haben.

„Mama, wo ist Papa eigentlich?"

Sie machte eine undeutliche Geste, bei der wir, mein Bruder und ich, uns nur noch verlorener vorkamen. Wieso eine Mutter, aber keinen Vater? Und wie hatte sich wohl Vater Mutter genähert? Meinen Bruder kümmerte es nicht allzu viel, was wusste er schon, aber ich wollte es wirklich wissen. Wenn Vater, wer auch immer er gewesen sein mag, auch elektrisch war, dann war er vielleicht übersättigt. Ich habe einmal von ihm geträumt. Er war groß, gutaussehend, jung und hatte Augen, die Funken sprühten. Er hatte den Oberkörper frei, ein stolzes Mannsbild, was für ein Vater! Er streckte die Arme zu mir aus und ich wachte auf. In dem Moment wurde mir bewusst, dass wir die Pest des Viertels waren. Aber unserer Mutter machte das nichts aus. Sie schien wie blind, wenn sie uns anschaute. Wir konnten nie herausfinden, ob sie wusste, dass sie zwei Kinder hat, die leiden. Wie kann man nur ein solcher Pechvogel sein und so eine Mutter haben? Was hatten wir falsch gemacht? Ich könnte euch erzählen, wie sie uns ins Bett brachte, gesichert bis an die Fingerspitzen und dass sie uns nie gestreichelt hat. Zumindest kann ich mich daran nicht erinnern.

Kein Wunder, dass die Leute wütend auf uns waren. Eines Tages standen sie plötzlich vor dem Eingangstor. Sie brachen das Schloss auf und stürzten herein ohne *Guten Tag!* zu sagen. Sie waren mit langen, spitzen Heugabeln, Mistgabeln und Netzen bewaffnet. Die Hinteren schleppten ein paar Käfige. Ich verstand sofort und rannte zum Haus. Mein dummer Bruder aber wackelte ihnen auf seinen kleinen krummen Beinchen entgegen. Also kehrte ich um. Zum ersten Mal sah ich Mutter ihre verdammte Träumerei tatsächlich verlassen. Sie stellte sich vor uns und fluchte. Sie schäumte vor Wut. Sie schrie: „Ich bringe euch alle um!" Sie stießen nach ihr mit den Zinken, schlugen auf sie ein, um ihren Widerstand zu brechen, um uns wie Bären voneinander zu trennen. Mutter schrie: „Ich bringe euch alle um, ich schwöre es! Ich schlitze euch eigenhändig auf und trinke euer Blut! Bei Gott, es wird mir keiner entkommen!" Sie reckte ihnen die Hände entgegen, um sie mit Blitzen zu erschlagen. Mutter konnte aber an sie nicht herankommen, denn ihre Gegner stießen sie mit ihren hölzernen Waffen zurück. „Geh zur Seite, Frau! Wehre dich nicht mehr!"

Mein Bruder und ich waren beide sehr erschrocken. Damals weinte ich zum ersten Mal. Ich wusste, dass es schlimm war, dass wir sterben würden, auch wenn wir uns hinter ihrem Rock versteckten. Irgendwann schafften sie es, Mutter zu überwältigen und sie festzuhalten. Sie warfen ein Netz über sie und dann, keine Ahnung warum, wandten sie sich uns zu. Die Spitzen der Waffen waren dieses Mal aus Metall und sehr scharf. Einer drückte den Kleinen mit der Mistgabel auf den Boden und ein anderer näherte sich mit einem Käfig. Als er ihn berührte, schlug eine dünne, blaue Flamme empor. In dem Augenblick stieß Mutter einen gellenden Schrei aus, warf ihre Wächter zu Boden und sprang zwischen meinen Bruder und dessen Angreifern. Sie schirmte ihn mit ihrem Körper ab, streckte eine Hand zu meinem Gesicht und verdeckte meine Augen. Sie hatte keine Handschuhe an, als sie mich berührte. Es blitzte wie aus heiterem Himmel, man hörte einen heftigen Donner. Mutter fing an zu zittern, sie schrie voller Verzweiflung, ihre Haare knisterten auf ihrem Kopf. Rauchschwaden strömten aus ihr heraus, ihre Augen stierten. In einigen Sekunden verkohlte sie und nahm die ganze Meute mit. Ich schaute zu meinem Bruder, er schaute zu mir. Aus seinen Augen sprühten Funken.

DER TRAUM DES HERRN NIKO LAUS

Er heißt Herr Niko. Und Herr Niko träumt den ganzen Sommer lang. Das ist nur allzu verständlich, denn er ist ein verlorener Entdecker der Art, die unter einem Teerhimmel von Essen und Wärme träumen und dabei Visionen von üppigem Kaviar, Champagner und Frauen haben. Je stärker seine Einsamkeit, je dichter seine Hoffnungslosigkeit, desto weiter und schneller entfernen sich seine Träume von der Realität.

Wie auch immer, unser Held langweilt sich im Sommer zu Tode und fühlt sich wie ein wildes Tier im Käfig. Der Schlitten ist schwer wie ein Mühlstein und die Rentiere versinken im Schlamm, sodass nur ihre Schnauze zu sehen ist. Mücken, schweren Wolken gleich, schwärmen auf die ununterbrochen schnaufenden Nüstern. Derart gepiesackt ist das Gespann zu nichts zu gebrauchen.

Deswegen schläft Niko Laus den lieben langen Tag und zögert seinen Schlaf hinaus mittels Wacholder. Eines Tages hatte er den schönsten und zugleich traurigsten Traum seines Lebens. Er war ein Kind, knapp über das zarte Alter hinaus, um die 12 bis 13 Jahre alt. Er war ausgerechnet auf dem Schulhof. Er zettelte mit anderen Jungs ein Spiel auf Leben und Tod an. Die Klassenlehrerin zog sich gelangweilt zurück. Sie hatte für Fußball nichts übrig. Der Sportlehrer störte, indem er durcheinander pfiff und jedweden Spielzug überflüssig kommentierte. Wie Wunderkerzen schwangen etwa drei Mädchen auf der improvisierten Tribüne ihre Röcke und schaukelten mit den Beinen. Unter ihnen, Ariadna, das Mädchen seiner geheimen Träume. Er hatte ihren Namen in einem Astloch begraben, bei seinen Großeltern – und hatte sich erleichtert gefühlt. Ausgerechnet dieses Mädchen feuerte ihn nun mit geballten Fäusten an. Auf dem Spiel standen das Ansehen der Klasse und die ewige Ehre. „Komm schon, Niko Laus!", schien er zu hören, als ob er träumte. Genau dann, in der letzten verworrenen Minute der Partie stürzte ihr Stürmer in der gegnerischen Hälfte. Er fiel wie ein Dummkopf, weil er stolperte, aber der Trottel von Schiedsrichter pfiff und gab einen Elfmeter. Wer sollte ihn ausführen. Er.

Er legte sich den Ball an der Markierung passend zurecht. Er drehte sich zur Tribüne und warf Ariadna einen Handkuss zu. Er nahm Anlauf, blickte kurz zum Torwart und schoss. Pfosten und aus! Niko Laus stieß einen bedrückten Seufzer aus und die Freude flog davon.

ABENTEUER AM SEHR SCHWARZEN MEER

Der erste September. Durch die Schirme des Biergartens haucht der Sommer ein laues Lüftchen. Das Brauhaus an der Ecke der Französischen Passage ist fast leer. Geduldig und kaltgestellt ruht sich das Bier in Fässern aus. Es wartet auf Gäste. Unter dem einzigen geöffneten Schirm, an dem einzigen besetzten Tisch, haben sich die drei Freunde getroffen. Alexandru, Andrei und Anton, alle drei gebräunt, fröhlich und ein wenig übermüdet, schauen sich etwas misstrauisch an, weil sie gerade von der Küste gekommen sind, wo sie sich geschworen hatten, alle Rekorde der Welt zu brechen. Jetzt plagt sie die Unsicherheit. Was für ein Rambazamba wohl der andere plant? Jeder mustert seinen Gegner-Freund und zögert. Sollen sie es sagen oder nicht? Sollen sie sich gegenseitig zur Schnecke machen oder nicht? Das ist die Frage.

Als Erster macht Anton seinen Mund auf:

„Jungs, ich war in Vama Veche[4].“

„Ich auch“, sagt Alexandru.

„Ich auch“, sagt Andrei.

„Ich staune. Wann denn? Weil ich euch gar nicht gesehen hab.“

„Wir dich auch nicht“, stimmen die drei wie ein antiker Chor ein.

„Hm, im August …“

„Im August“, hört man das Echo.

„Lasst den Schmarren! Ich hab euch nicht gesehen, beim Grab meiner Mutter.“

Anton zögert.

„Guuuuuuut … Passt auf, hört jetzt gut zu! Haltet mal die Fresse, Mann! Sonst mach ich euch fertig. Ihr werdet mir nicht glauben, das weiß ich, aber ich habe die Strandschön-

---

[4] Strand am Schwarzen Meer.

41

heit angebaggert. Blond, Möpse, geile Beine, Hintern, Lippen, alles."

Die anderen lachen sich ins Fäustchen.

„Aha, erzähl weiter!"

„Ich mache keinen Spaß, Alter! Das Geilste aber war ihr Vorbau. Fabelhafter, großer Vorbau. Sehr groß. Der größte der Welt."

„So groß wie Melonen?"

Anton lacht ihn aus.

„Nein, Alter, Melonen sind Peanuts. Riesengroß, die Größten der Welt."

Die anderen ziehen eine undefinierbare Miene, irgendetwas zwischen Skepsis und Langeweile.

„Nein, jetzt im Ernst. Die größten der Welt. Natur, ohne Silikon. Guckt nicht so dämlich." (Nur scheinen die anderen überhaupt nicht das Gesicht zu verziehen.) „Ja, sie zog sich an wie eine Tussi, war dumm wie Brot, und ja, sie hörte Manele[5] und las diesen Groschenroman *Fluturi* oder so ähnlich, ja, Alter, ihr kennt solche. Aber Jungs, hört jetzt gut zu, diese Titten! Oh, mein Gott, ich schwör, sie waren wie Zeppeline. Größer sogar als der *LZ Hindenburg*. Egal, wohin ich mit ihr ging, in die Disco, ins Restaurant, überall wurde es still. Und am Strand … Junge, Junge! Da schwieg sogar das Meer. Alter! Und das Mädel ist wirklich ins Wasser gegangen. Sie war bis zu den Knien drin und kicherte. Angeblich war das Wasser kalt. Macht doch nichts, kalt tut gut. Dann bis zum Bikini. Sie bekam Gänsehaut. Dann ist sie komplett rein. Ey Alter, in dem Moment ist das Wasser über die Ufer getreten und hat alle Hotels am Strand überschwemmt. Siebzehn Trottel sind abgesoffen. Ich hab die Alte schnell rausgeholt. Wir mussten

[5] Manele ist ein rumänischer Musikstil, der seit den 1990er Jahren die dortige Popmusik dominiert, gleichzeitig aber auch die Bevölkerung in glühende Fans und vehemente Gegner spaltet. Die Mehrzahl der Manele-Komponisten und Interpreten sind Roma.

verschwinden, damit uns die Bademeister nicht erwischen. Boah! So groß waren sie!

„Und wo seid ihr hin?"

„Mit dem Motorrad zum Vadu[6] Strand."

Stille.

„Scheiße, Mann!", platzt Andrei heraus. Und seid ihr nicht umgestürzt? Das ist doch nur ein Märchen. Ich, Alter, ich war in Vama im August. Ich war da, nicht du! Und ich kann mich nicht daran erinnern, dass das Meer übergetreten ist, Alter. Also, was du meinst, ist, dass das Meer aufgewühlt war. Es war stürmisch und die Wellen waren wie Zeppeline. Die Wellen, nicht die Titten. Keiner ist reingegangen, weil bei uns zumindest die Leute kapieren, was ein Tetrapode ist und die Freiheit als Einsicht in der Notwendigkeit. Ja, und in dem Moment, von dem du erzählst, du Trottel, da kam gerade ein Dicker, rot wie ein Krebs, aus der Strandbar *Stuf* raus. Ja genau, weil er da war, beim *Stuf*. Den kenn ich nämlich, ich hab ihn mit eigenen Augen gesehen. Ich kenn ihn, also existiert er auch. Der hat zwei Mal direkt neben mir gegessen. Keine Ahnung, was an dem Tag mit ihm los war. Er zog sich nur Pfeffer, scharfe Peperoni, Meerrettich und Tabasco rein. Und heulte. Pfiff sich was rein und heulte wieder. Bei den Pfannen-kuchen heulte er nicht mehr, was man gut verstehen kann. Ich hab ihn dann gesehen, als er die Treppe runtereilte, mit seiner schwabbelnden Plautze. Er knabberte an einer Wurst, die aus einem Mundwinkel raushing und ging ins Meer, da bei der Bucht, mitten in den Wellen. Für einen Augenblick stand er da, von den Wellen angeschoben, dann furzte er. Alter, wisst ihr was für ein Furz das war?"

Bedrückende Stille. Die anderen beiden lachen in den Bierschaum hinein. Großes Ding! Pfff! – Sie grinsen verächt-lich.

---

[6] Wilder Strand am Schwarzen Meer.

„Jedenfalls, ihr Idioten, erstarrte das Meer. Die Wellen beruhigten sich wie durch ein Wunder, das Meer war wie Öl. Man konnte die Luftblasen hochkommen sehen und eine oder zwei Sekunden später war das Meer voll von toten Fischen. Sie trieben alle mit dem Bauch nach oben. Tausende von Grundeln, fünf Haifische und Kleinkram. Zusätzlich Seepferde. So isses, Alter ...“

„Und wie kommt es, dass er Wurst nach den Pfannenkuchen gegessen hat? Du hättest lieber deine Augen waschen sollen!“

„Tja, der war unersättlich! Ich schwör bei Gott!“

„Pillepalle! Übertreibungen! Hör auf anzugeben. Die Strömung kam aus Năvodari[7], das stand in der Zeitung, in *Evenimentul zilei*. Deshalb lagen die Fische wie umgefallen.

„Was laberst du da?“

„Ja, das unterschreib ich euch. Lassen wir das sein. Das ist Quatsch, hier, ich unterschreib euch das! Auf drei Bier! Jungs“, meint Alexandru allen Ernstes, „ich war in Vama Veche. Ich war da und kann es auch beweisen. Der Beweis, ihr Trottel, der Beweis. Habt ihr einen? Ich schlief am Strand, machte also nichts, war völlig fertig. Hört ihr? Die Sonne schien wie verrückt. Kapiert? Keine Titten, keine Fürze ... Meine Güte, wie ihr das mögen werdet ... Mit einem halb geöffneten Auge betrachtete ich den Strand. Ich war todmüde. Fragt mich nicht, warum. Ich war müde, weil die Menschen am Meer nun mal so sind. Direkt neben meinem Kopf grub ein zweijähriges Kind fleißig mit einer gelben Plastikschaufel in den Sand. Alter, wer macht solche Kinder? Könnt ihr mir das sagen? Ich drehte mich weg, um etwas von seinem Schatten abzubekommen. Plötzlich tauchte die Mutti auf, um ihn wegzureißen. Die Mutti war nicht gerade schlecht, aber auch nicht geil. Ich habe sie abgecheckt, so wie sich das ge-

---

[7] Stadt in Rumänien, an der Küste des Schwarzen Meeres, im Kreis Constanța.

hört, verdammt nochmal! Das habe ich ihr auch gesagt: ‚Was für ein hübsches Kind Sie haben! Auf dass es lange lebe!' Und jetzt beweise ich euch, dass es so war, wie ich es sage. Sie hat mir nicht geantwortet. Na? Höre ich was von euch? Also, ich gebe nicht an. Sie antwortete nicht. Das ist die Wahrheit, ich schwör, bei Gott! Ich war gerade dabei wieder einzuschlafen, aber der Kleine fing an zu brüllen und steckte seinen Finger tief in den Sand, unter meinen Kopf, um nach etwas zu greifen. Jedenfalls schoss von da eine schwarze Fontäne zehn Meter hoch. Erdöl! Ja Mann, erstklassiges Erdöl! Als ich die Augen aufmachte, waren wir alle drei schwarz und ölig, das ganze Meer war schwarz wie Kohle. Wir umarmten uns. Es war Liebe auf den ersten Blick."

Alexandru zieht die Hand aus der Hosentasche heraus, öffnet seine Faust und zeigt ihnen den Stinkefinger. Daneben schmückt ein Ehering, dünn wie ein Härchen den Ringfinger.

„Von wegen Titten! Von wegen Fürze! Hier, der Finger, er ist schwarz, kapiert ihr? Vom Erdöl. Ich habe das Schwarze Meer mit Erdöl gefüllt. Ihr armen Schweine! Ich habe Erdöl entdeckt!"

Die anderen scheinen nicht allzu begeistert. Anton dreht sich zum Kellner:

„Noch eine Runde, Junge, schreit er. „Der Herr gibt einen aus, er ist reich!"

LEBENDIGE PUPPEN

„Sie sind lebendig."

„Ah, komm schon. Im Schaufenster zieht es. Die Augen sind aus Glas. Sie hätten blinzeln müssen, Bruder."

„Das ist echte Haut, guck mal, sie haben sogar feine Äderchen …"

„Die sind gemalt. Kannst du den Puls sehen? Wenn du den nicht siehst, dann gibt es den auch nicht."

Das Gespräch hätte stundenlang weitergehen können, aber ihnen lief die Zeit davon. Georgel und Marinusch schauten sich verstohlen um – niemand hatte sie beobachtet – und machten sich schnell auf den Weg. In der Nähe der Schule, viel zu nah dran, wie es der Schulleiter mit mahnendem Zeigefinger sagte, erhob sich der neue Shop. Der unnötige, verruchte, sittenlose, skandalöse und unanständige Shop mit sexy Puppen. Na, hören Sie mal! Der Inhaber war ein Fremder, der den Bürgermeister um den Finger gewickelt hatte. „Na klar wurde er um den Finger gewickelt", merkte Adelaida Costache, die Geografielehrerin, an und richtete den Daumen durch das Lehrerzimmerfenster auf die glänzende Fassade. Aber ohne dahin zu schauen, so als ob sie Augen im Hinterkopf gehabt hätte.

Hier muss ich, der Autor, mich einschalten, um zu erklären, weil niemand, aber wirklich niemand aus der Stadt sich getraut hätte laut auszusprechen, was sich im Schaufenster befand. Junge Frauen. Rothaarige, blonde, dunkelhaarige, große, schlanke. Porzellanpuppen, mutig angezogen oder eher ausgezogen, posierten im Schaufenster. Sie sahen aus wie lebendig und einmal in der Stunde änderten sie ihre Stellung, machten mechanische Bewegungen und klimperten mit den Wimpern. Dann erstarrten sie in einstudierten Posen, so wie man sie nur in den Modezeitschriften findet. Oder um genau zu sein, in *jenen* Zeitschriften. Sie waren makellos geschminkt, der Lippenstift glänzte auf den halboffenen Lippen. Durch die schwarzen Strumpfhosen schimmerten die Beine und Schenkel. Die Tüllkleidung spannte sich über die üppigen, gewölbten Brüste. Das kann ich wiederum schwer erklären, aber die Ritze in den roten, schwarzen oder weißen Spitzenunterhöschen hätte alle Blicke auf sich gezogen, falls – Gott behüte – jemand sich getraut hätte zu gucken.

Selbstverständlich gab es einen Skandal. Selbstverständlich verkündete der Bankvorstand, Herr Nicolaide, dass er niemals so ein unmoralisches, provokantes, dekadentes Geschäft finanziell unterstützen wird. „Was werden die Kunden sagen?" Der Filialleiter der Post schwor, dass er dort keinen einzigen Brief zustellen wird. „Dieser Ort der Verdammnis passt nicht zu unserer Welt." Und er sei nicht angestellt, um die Korrespondenz der Hölle auszutragen. (Trotz allem gab es bei den zahlreichen Briefen mit der Anschrift des Shops nie Rücksendungen). Was soll man aber von Herr Candrea erwarten? Alle wissen, dass es bei der Post drunter und drüber geht. Abgesehen davon schwor der Schulleiter, dass sich in seinem Einflussbereich sich keiner mehr als hundert Schritte diesem Gomorrha nähern wird. Die Kopfnote würde ansonsten gesenkt und die Eltern als negatives Beispiel an der Schandtafel aufgeführt werden.

An die berauschten Jugendlichen kommt man aber nicht heran. Es gibt keinen passenden Schlüssel für den dunklen Knäuel der verworrenen Wünsche. Sie waren so verloren, dass ich Ihnen die Konsequenzen kaum erklären kann. Und die Badezimmertüren haben keinen Mund, um zu erzählen. Sie konnten nicht aufhören zu träumen, zu kommentieren, zu erfinden. Einer erzählte, dass er eine Nacht da verbracht hätte, unter dem Tresen versteckt. Und? Kein und. Die Erklärungen waren sehr undeutlich. Mal schlief er ein, mal wachte er morgens in seinem Bett auf. Ein anderer schwor, dass sein Vater eine nach Hause gebracht und seine Mutter ihr das Gesicht mit der Gabel zerkratzt hätte. Ob da Blut geflossen sei? „Ging so." Wie auch immer. Ninel, Raufbold der Schule, behauptete, dass er eine bei der Spielothek im Tal gesehen hätte, vorgebeugt mit dem Hintern nach oben. Und? Sie steckten Münzen in sie rein. Wie meinst du das, sie steckten Münzen rein? Einfach so, wie man sie steckt, durch die Öffnung, wie bei einer Jukebox. Und? Und das Mädel sang oder zog sich halt das Höschen aus.

„Siehst du", flüsterte Marinusch Georgel ins Ohr – „ich habe dir doch gesagt, sie sind lebendig."

„Du bist doch verrückt, wie hätten sie die Münzen da durchschieben können, wenn sie ein Höschen anhatte?"

Marinusch verzweifelte an Georgels Misstrauen. Er ist ein netter Kerl. Wenn er sich aber eine Dummheit in den Kopf gesetzt hat, lässt man ihn am besten in Ruhe und kümmert sich um seinen eigenen Kram. Man lässt ihn in seinem Glauben. Marinusch wohnte nah dran an dem Shop und war absolut überzeugt, dass die jungen Frauen lebendig waren. Nur er hatte die kleinen Unvollkommenheiten bemerkt, die den anderen verborgen blieben. Unvollkommenheit ist lebendig, das ist ein unwiderlegbares Argument. Obwohl der Junge keinen Mut hatte, das Wort laut auszusprechen, tröstete er sich in Gedanken mit der Un…, Unvoll…komm…, Unvooooooollkommenheit. Nur er nahm ihre Gänsehaut, das leichte Kräuseln der Nasenlöcher und das Zucken ihrer Beine wahr. Er hatte einst einen Muskel pochen gesehen. Unter der Kniescheibe, über der Socke einer Schülerin. Aber kein anderer, mit dem er sehr vorsichtig versucht hatte, über das Thema zu diskutieren, glaubte, dass sie lebendig waren. Auf jeden Fall, keiner seiner Mitschüler. Über die Eltern kann nicht mehr gesagt werden, außer dass das Thema für sie tabu war, nicht nur bei Mittag oder beim Abendessen, sondern auch im Club. Manche meinten, dass man an jenen Tagen grundlos ein „Hihi!", ein „Oha!" oder andere schlafzimmerähnliche Laute gehört hätte. Deshalb waren die Träume der Jungs auch mit dem grunzenden, tiefen Gelächter der Väter verflochten. Die ganze Stadt vor lauter Ekel erschüttert. Nur dass die Anzahl der Mädels im Schaufenster konstant sinkt, sagte sich Marinusch voller Angst und Verzweiflung. Niemand geht herein, niemand kommt heraus und trotzdem werden sie weniger. Er konnte den Inhaber sehen, wie er scheinbar wahllos eine packte und mit ihr hinter den Vorhängen verschwand – das Mädel ist danach nicht wieder aufgetaucht. Marinusch blieb auf der Lauer, um den Mistkerl zu erwischen, der sie der Reihe nach schamlos voneinander trennte. Er lauerte vergebens. Zu einem bestimmten Zeitpunkt fuhr ein schwarzes, gepanzertes Auto hinter dem Shop heraus und weg war es.

Jetzt sind es nur noch drei Mädels. Marinuschs Verzweiflung und Hoffnungslosigkeit wächst immer mehr. Er ist tatsächlich in eine von ihnen verliebt, diejenige mit dem leeren Blick, die kleinere, die auf dem roten Lederstuhl breitbeinig sitzt und die behandschuhten Hände übereinander auf dem Schoß hält. Die feinen Finger mit rot-schwarz lackierten Fingernägeln ragen aus den fingerlosen Spitzenhandschuhe hervor. Deshalb bleibt ihm heute auf dem Weg von der Schule der Atem stehen. Ein einziges Mädel ist übrig im Schaufenster. Einsam, sehr einsam. Die Auserwählte schaut ihm direkt in die Augen.

Die Entscheidung ist getroffen. Den ganzen Abend wird Marinusch von einem nervösen Zittern durchflossen. Er sagt ein klares, fast zu lautes *Săru-mâna*[8] und geht frühzeitig schlafen. Angezogen legt er sich ins Bett. Seine Schuhe zieht er nicht aus, damit er nicht einschläft. Um Mitternacht schleicht er sich aus dem Haus mit einem Stein in der Hand. Er schlägt das Schaufenster ein, greift das Mädel, das leicht wie eine Schneeflocke ist, und läuft mit ihr davon. Also zurück zu ihm

---

[8] Küss die Hand!

nach Hause. Die Puppe bewegt sich nicht, reagiert nicht, blinzelt nicht. Ihre Haut schaudert nicht unter den Küssen des Jungen, der sich nicht beherrschen kann. Er legt sie auf dem Bett ab, zieht ihr die Kleidung aus, die Unterwäsche, zieht sich selbst aus, ohne Eile, damit er sie nicht erschreckt. Er küsst sie erstmal schüchtern, dann leidenschaftlich, versucht ihre Lippen zu öffnen, ihr Gesicht aufzulockern, ihre Zunge zu finden, indem er seine eigene hereinsteckt. Er versucht unbeholfen sie zum Leben zu bringen. Ihr Mund antwortet nicht. Schließlich schafft er es, wie ein Vergewaltiger, ihn zwischen ihre Beine zu stecken, in sie einzudringen. Der Platz ist warm und feucht. Er schämt sich fürchterlich und ist unglaublich erregt, weil sich ihre Ritze wie eine Sahneschnitte anfühlt, die ihn gleichgültig gewähren lässt. Die Brüste beben nicht, obwohl sie weich sind, kleben an seinem Oberkörper und lassen ihn schnell kommen. In dem Augenblick, in dem er sich in ihr ergießt, bewegt sich ihre weiche Hand auf seinen Hals und sanft, kaum spürbar kitzeln ihre Nägel in seinem Nacken. Es erscheint ihm, als hätte er ein Stöhnen gehört.

Die Puppe ist wieder steif und drückt nichts mehr aus.

WAHRE FREUNDE

Stănică spürt wie ein menschliches Gefühl aus ihm auszubrechen droht. Ein edles, zerbrechliches Gefühl voller Lebenskraft. Er nahme ein gewisses Kribbeln unter den Augenlidern und im Gehirn wahr – gleich darauf begann sein Herz heftig zu schlagen. Er war überrascht, fast wäre er in Tränen ausgebrochen. Sein Freund Cornel lag auf der Seite stützte seine Schläfe in der Hand und vergoss tatsächlich Tränen. Er weinte wie ein Kind, wie ein Weib. Aus seinen Augenwinkeln strömten zwei diamantene Fontänen, die im Licht der schummrigen Glühbirne glänzten. Er hatte kaum Kraft, um sein Gesicht mit dem Ärmel abzuwischen. Die Rotze nahm prompt den Platz der Tränen ein und der gehorsame Ärmel tat sofort seinen Dienst. Fănel erging es nicht viel besser. Sein gutes Herz weinte nicht. Oh doch, schon, aber innerlich. Da wo sich die Seele befindet, wie die alten Tanten und der Priester behaupten. Er hielt seine Schläfen zwischen dem Zeigefinger und Daumen, sein Mund zuckte mit einem ausdrucksstarken sardonischen Grinsen. Ja, aber zumindest weinte er nicht. Und man konnte sehen, wie sehr er sich bemühte. Da war noch jemand. Ein düsterer Kerl, im Schatten versteckt. Aber er spielt keine Rolle. Er hatte nicht genug getrunken, ließ seinen Gefühlen keinen freien Lauf und hieß obendrein auch noch Costel. Der hieß Costel, kann man sich vorstellen, dass er Costel hieß? Costel war der Vorbote des Unheils in dem Lokal. Er tauchte wie aus dem Nichts auf, spross aus der Erde, aus dem grünen Rasen, setzte sich unerwartet zwischen Bier und Quatschpartner und erzählte eine Geschichte. Damit wir nicht länger um den Brei reden, Costel war von einem anderen Tisch.

Seine Geschichten gingen alle um Tiere und waren sehr traurig: Ein dreibeiniger Esel, ertränkt von seinem Herrn, nachdem er ihm einen Mühlstein an die Beine gebunden hatte, ein dreibeiniger Hund, erhängt auf dem öffentlichen Marktplatz von einem ad hoc-Gericht, das aus namhaften, geheimen Persönlichkeiten der Stadt bestand, ein Kater, eingemauert in dem Fundament des höchsten Hochhauses der Stadt. Wie das möglich war? Ob der Kater dreibeinig war? Ich weiß es nicht. Keiner weiß es. Costel verliert sich nicht in unwichtigen Details. Jedenfalls stand er heute einfach vom Tisch auf (eigentlich gestern) und blieb vor den vier Freunden stehen: Stănică, Cornel, Fănel und Ionel. Er hielt sich nicht lange auf. Mit einem einzigen Blick erfasste er die vollen und die leeren Bierkrüge, wog die Vokale und Konsonanten auf den Zungen der vier Freunde ab und beurteilte ihr Aussehen. Fănels Hemd war bis zum Bauchnabel offen, Cornel hatte auf seine Hose gekleckert und Stănică versuchte vergeblich sein Portemonnaie in der hinteren Hosentasche zu verstauen.

„Die Delfine", platzte Costel plötzlich heraus. „Die Delfine, diese wunderbaren Tiere, intelligent und majestätisch. Die Delfine, die marinen Geschwister der Menschheit. Jungs, wisst ihr, was unsere Artgenossen, diese Biester mit Menschengesicht tun? Ja, die Menschen, Bruder, über wen zum Teufel sonst reden wir hier? Die Biester, nicht die Delfine. Sie metzeln sie, hacken sie, machen Tierfutter aus ihnen, Cremes fürs Gesicht und Potenzmittel. Wisst ihr, wie sie vorangehen? Mit krimineller List. Sie zwingen die Delfine, sie durchs Meer zu leiten und dann schlitzen sie sie mit den Schiffsschrauben auf. Sie drehen die Schiffe mit der Rückseite nach vorne und sammeln die aufgeschlitzten Tiere ein, um ihnen den letzten Schlag zu geben, den endgültigen. Mit der Keule. Und die armen Wesen geben in Stille ihr Leben auf. In Stille sagte ich! Oder pfeifend, weil sie pfeifen, wie ein Schwan, wenn sie sterben."

Genau so ist es gewesen. Auf einmal kehrte Stille ein. Die Musik im Radio schwieg. Der Tresenchef, Herr Ghiţă, ließ die Gläser links liegen und wusch seine Augen mit dem Kittel ab. Die Freunde weinten und wandten sich unter dem Stiefel der Sünde und der Reue. Wofür sollte man noch leben, wenn man Delfine metzelt? Sie schworen schluchzend, ab morgen bessere Menschen zu werden.

Am zweiten Tag versuchten sie vergebens die Geschichte zu rekonstruieren. Jeder erinnerte sich an Etwas, aber jeder an etwas anderes. Am Ende drehten sie sich nur noch im Kreis. Zusätzlich waren sie von fürchterlichen Kopfschmerzen geplagt.

„Das kann gar nicht sein", sagte Ionel. „Ich meine, ich war gestern Abend überhaupt nicht bei euch! Und außerdem ist der Delfin kein Fisch!"

AUF ABRUF

Der Herrscher Vodă schreitet majestätisch auf den Thron zu, weil die Tirade des süperben *Sonnenuntergangs*[9] folgt. Ehe der Fürst seinen Mund öffnet, verzieht sich sein Gesicht. Verstohlen greift er in seine Tasche. Er tastet wie über ein Siegel. Er rollt seine runden Augen wie Eigelb und beginnt mit dem Monolog. Der Maestro rezitiert voller Pathos. Noch eher er die Phrase „*Moldawien ist nicht mein*" erreicht, unterbricht er und stürmt von der Bühne. Unter den Höflingen kommt ein irritiertes Murmeln auf. Auch im Publikum wird unruhig getuschelt. Der Regisseur muss es wohl so inszeniert haben. Donnergrollen während der Abwesenheit des Herrn. Wie auch immer. Die Schauspieler improvisieren und bringen die Szene zu Ende. Pause zwischen den Akten. Der Direktor geht auf den Maestro los wie von Tollwut befallen und packt ihn an seinen Bart. Der Herrscher scheint aber für ein Wortgefecht nicht bereit zu sein. Mit einer unwirschen Geste schiebt er ihn beiseite. Er telefoniert, abgetaucht in einer anderen Welt.

„Ja, Liebling, nein, Liebling, ah, Liebling … Versuch sie anzulocken. Lass mich, Mann, siehst du nicht, dass es um Leben und Tod geht? Selbstverständlich antworte ich dir, mein Herzchen. Probier' vielleicht mit einem Tröpfchen Milch. Wie? Wir haben kein Tröpfchen Milch? Versuch es mit der Fischdose."

Der Direktor atmet tief ein. Wenn es um seine Frau geht, ist der Maestro wie ein Waschlappen, die ganze Belegschaft im Theater zerreißt sich schon das Maul darüber: „Liebling" ist jung und rattenscharf. Jeder Versuch – Ja, zu was? – Egal zu was! – ist eine Verurteilung zum langsamen und qualvollen Tod. Jeder Versuch gegen sie anzukämpfen ist vergeblich. Und der Maestro ist der Maestro, also ist es ihm erlaubt.

---

[9] Theaterstück in drei Akten, geschrieben von dem rumänischen Schriftsteller Barbu Ştefănescu Delavrancea.

„Du kommst jetzt wieder runter, ja? Komm schon, reiß dich noch eine halbe Stunde zusammen, dann haben wir Feierabend!", beharrt der Direktor.

„Die Katze", stöhnt der Maestro, welcher in dem Moment, in dem er auflegt, wieder zum großen Schauspieler wird. „Die Katze ist auf die Lampe geklettert und meine Frau kann sie nicht herunterholen, die Arme!"

Der Schlussakt fängt endlich an. Alles scheint sich beruhigt zu haben, der Fürst liegt auf dem Bett kurz vorm Sterben, umringt von den Entronnenen der hastigen Enthauptungen. In die fromme und tiefe Stille dringt klar und deutlich und unmissverständlich die Vibration eines Handys. Die Zuschauer schauen einander empört an. Nur der Sterbende verkriecht sich tief unter seine Decke und raunt mit steigender Lautstärke. Im Raum schwebt eiskalte Stille, in der man sein Geflüster bestens hören kann.

„Liebling, ich bin in der Vorstellung. Du kannst mich doch nicht – …! Erbarme dich! Ja, ich weiß, unsere Katze, Liebling, deine, deine, hab aber ein bisschen Geduld – …"

„Das ist aus einem anderen Stück!", schreit ein Zuschauer und der Saal platzt vor Lachen.

Der Maestro schiebt seinen Kopf aus der Decke heraus. Er ist knallrot, obwohl auf sein Gesicht eine dicke Schicht vom bläulichen Weiß aufgetragen ist. Am Ende seiner Geduld wendet er sich an die Menge:

„Leute, lasst den Spaß beiseite. Die Katze meiner Frau steckt fest zwischen Kühlschrank und Wand. Lieber Gott, was soll ich machen? Gebt mir eine Antwort, sonst rühre ich mich nicht vom Fleck."

Der Saal wird munter. Die Zuschauer fangen an Vorschläge in den Saal zu rufen. Der Lärmpegel steigt, ein harmonisches Brabbeln voller Ideen und Initiativen. „Ein Mäuschen!" – „Ein Kater, der sich mit ihr paart?!" – „Eine Mäusin!" – „Mietz, mietz!" – „Milch!" – „Eine Schlaftablette!" – „Ein Stock!"

Oana, die uneheliche Tochter des Fürsten, tritt mitten auf die Bühne und fuchtelt mit ihren Händen bis Ruhe einkehrt.

„Ein rotes Tuch, gewedelt vor dem Kühlschrank!"

Der Maestro richtet sich mit einem Ruck auf und wiederholt am Telefon mit ausladenden Gesten. Alle halten ihren Atem an. Danach setzt sich der Fürst triumphierend seine Krone auf und spricht von Pathos erfüllt:

„Oh! Wer will schon Ştefăniţă, das Enkelkind des verstorbenen Herrschers Moldawiens? ... Wer sagte, ich sei alt und krank? ... Ulea, den Verräter hatte ich durchschaut ... er war schon tot, bevor ich ihn zum Schweigen brachte! ..." [10]

Seine Stimme vibriert, verflechtet den Tod mit dem Leben und das Nützliche mit dem Angenehmen.

---

[10] Auszug aus dem Schlussakt.

KURZE JAGDSCHULUNG

Schätze warten nur auf den richtigen Schatzsucher. Derjenige, der weiß, wie man sucht, wird finden. Ja, es stimmt schon, dass hier eine Menge unerwünschter Besucher vorbeikommen. So wie jetzt zum Beispiel.

„Schau dir die Rüpel an, wie sie alles durchwühlen ... wie die Tiere! Buuh! Ganz ruhig Jungs, wer langsam geht, kommt auch ans Ziel! Na, na, was ist das für eine Unart zu suchen? Alter, selbst der Müll hat seine Würde! Nichts für Rabauken! Hilfeee, der hat seinen ganzen Arm bis zum Ellenbogen reingeschoben. Der soll sich mal ins Knie ficken, der Aasgeier! Haut man da so rein, um seinen Ärmel zu zerfetzen, um bis unter die Achsel zu miefen? Ruhig, Junge, taste dich voran, du Hornochse! Pass auf, wie er gleich in die Scheiße greift! Und was, wenn das Glück bringt? Glück ist scheiße! Es verlässt einen, wenn man es am wenigsten erwartet. Das hier ist kein Glück, Kleiner, das ist Wissen!"

Der Ältere zündet sich eine Kippe an und steckt sie ganz locker zwischen die bräunlichen Lippen.

„Haha, ich kann mich auch jetzt noch erinnern, wie ich damals diese Affen fertiggemacht habe. Ich habe es gespürt, bei Sonnenaufgang schon hatte ich gespürt, dass jener Tag mein Glückstag war. Hör mir gut zu, du musst auf deine Instinkte achten! Du spürst es im Urin, es juckt dich oben auf der Birne, es wird sauer unter der Zunge. Ich habe mich vorbereitet, Digger. Ich habe Wasser aus der Wasserpumpe getrunken, um mein Glück nicht zu vertreiben. Musste dann so husten, dass der ganze Park bebte. Nie wieder rauche ich Kent-Stummel, nicht mal wenn man mich vollqualmt. Danach habe ich meine Hände gewaschen. Man muss immer vorbereitet sein für das Treffen mit dem Schicksal. Ich habe alle Möglichkeiten berechnet. Lustigerweise waren die Dummköpfe, die armen Schlucker, vorher schon mal hier gewesen. Ich hatte sie früh am Morgen gesehen. Ich schwör dir bei Gott, das waren zwei Heinis mit Plastiktüten. Hör gut zu, was ich dir jetzt sage: Der Kunststoff ist heilig! Sie hatten alles weggeräumt, meinten sie. Genau deswegen richtete ich meinen Blick auf die rote Kiste. Ja, genau diejenige, die eine Tonne wiegt, im Tal an der Seite. Ich habe sie wühlen lassen, genauso wie es diese jetzt tun. Ich steckte einen Glimmstängel an, wartete und fluchte über alle Heiligen, ohne einen einzigen Gesichtsmuskel zu bewegen, dann sprach ich mein Gebet. Das Gebet ist das A und O. Du sagst Gott, was du brauchst, aber aufrichtig, Junge, mit Spielchen läuft das nicht! Und Gott gibt's dir. Sie verschwanden mit den Säcken voller Dreck. Dann machte ich mich an die Arbeit. Ich teilte die Fläche in Stücke auf. Ich ordnete den Krimskrams nach Größe nebeneinander. Etwas Großes passt nicht in eine kleine Schatztüte. Also: alles, was klein ist – weg damit. Dann habe ich in aller Ruhe die mittelgroßen Dinge abgetastet. Während du sie abtastest, muss Ruhe herrschen. Und du musst die Augen dabei schließen, den Kopf arbeiten lassen. Mit geschlossenen Augen siehst du besser. Genauso ist es passiert. Da war ein Lappen, voll mit Vaseline. Checkst du das? Warum Vaseline? Um die Pfuscher irrezuführen. Checkst du es? Wenn einer an Vaseline gerät, wird ihm übel. So wie wenn du eine verschimmelte Wurst findest. Woher sollen die armen Schlucker das wissen? Es brodelt im Magen und dann kotzen sie sich die Seele aus dem Leib. Ja, Mann! Das war ein Versteck. Ein so gutes Versteck, dass derjenige, der ihn weggeschmissen hat, sich selbst verarscht hat! Diese Brille. Jetzt weißt du Bescheid, warum mich die anderen der Intellektuelle nennen! Siehst du, was für ein Etikett sie hat? Kannst du lesen, Alter? Lies mal! G-u-c-c-i! Jetzt mal ehrlich: Hast du jemals so ein Prachtstück gesehen?"

„Das habe ich nicht, Boss!"

„Und dieser Anhänger, ein Glücksbringer. Ich trenne mich nie von ihm. Sag mal: Was haben die anderen da gefunden?"

„Einen Liter Cola, eine Glühbirne …"

„Ist die heil?"

„Ich kann's nicht sehen von hier aus, Boss."

Er reißt die Augen auf.

„Und noch einige Kartons."

„Mannomann, die sind ja richtig dumm, die Armen."

Beide rauchen mit dem Blick in die Ferne.

„Gehen wir jetzt?"

Der ältere Herr zieht seinen Kragen zurecht.

„Bleib mal locker, nicht so voreilig. Die sind wie Raubvögel und zu dritt, wir sind allein, aber wenn ich die Wut kriege … Ich wette mit dir, dass der Schatz da ist. Lass uns voran machen, Junge, damit sie nicht dahinterkommen! Guck mal, wenn du zu mir schaust: Wir haben einen Filter mit Kaffeesatz, eine Tüte mit Zucker, mhhhh … und eine Schachtel Kent – sogar mit Folie – zur Hälfte voll. Wie ich diejenigen liebe, die einfach mal so aus Jux und Tollerei rauchen. Nur solche Bekloppten kaufen Kent. Zum Teufel mit deren Kent. Hast du 'ne Ahnung, wie Kent in meiner Jugend war? Wie Luxusparfüm. Schnell, lass uns abhauen, die Taschenratten kommen zum Betteln. Lass sie dumm sterben. Lass sie suchen, denn sie wissen nicht, was sie suchen. Ich spüre das im Urin, er ist da – wir brauchen nur noch mehr Geduld und Tabak. Der Schatz, mein Junge, der Schatz. Das Leben ist schön, verfickte Scheiße!

DER MITTELWEG

Frau Popescu schreckt aus dem Schlaf hoch.

„Erdbeben, Gicu! Wach auf, Gicu!"

Herr Popescu geruht die Augen zu öffnen. Er blickt zu dem Kronleuchter mit tropfenförmigen Kristallanhängern. Nichts. Er wäre zurück in das Land der Morgenträume gekehrt, wenn aus der Wand kein dumpfer Knall gekommen wäre.

Das Wasser im Glas mit der Zahnprothese zittert. Herr Popescu wird plötzlich zornig, genauso wie jedes Mal, wenn er merkt, dass die Unverschämten um ihn herum sich in seine Angelegenheiten einmischen. Der Schlaf soll Schlaf sein und Anstand soll Anstand sein! Sorgfältig zieht er sich an und gibt dabei scharfe, harte Worte von sich, schimpft mit den Wänden, dem Kleiderbügel, den Schuhen, dem Tisch und dem abgenutzten Teppich. Denn die Intensität des Knallens wird immer stärker. Frau Popescu ist allerdings sehr beunruhigt:

„Gicu, geh nicht raus! Wer weiß, was da noch ist!"

Das sind die Zauberworte. Vielleicht wäre er nicht nach draußen gegangen, schließlich ist er ein gottesfürchtiger Mensch. Aber jetzt gibt es kein Zurück mehr. In dem Moment, in dem sie an ihm zweifelte, erklärte der Mann Gicu den Krieg. Er öffnet die Tür und schaut sich vorsichtig um, nach oben und nach unten. Im Flur haben die Geräusche eine fast unerträgliche Lautstärke.

„Ruhe da! Es ist sechs Uhr am Morgen, seid ihr verrückt geworden? Die Menschen schlafen um diese Uhrzeit!"

Für einen Augenblick hören die Geräusche auf. Dann beginnen sie erneut. Jemand versucht eine Tür aufzubrechen und jemand anderes steigt in Eile die Treppe hinunter. Bald kann er ihn sehen. Ein junger Offizier, mit einer vorschriftsmäßigen Frisur und makelloser Uniform. Er spricht Gicu sofort an und sticht ihn mit seinem Finger. Herr Popescu sieht

seinen blank polierten, akkurat geschnittenen Nagel mit ge-
feilten Ecken in seinen Kittel eindringen.

„Was gibt es, Herr Genosse?"

Herr Popescu ist außer Fassung. Er stottert:

„Ähm ... ich sagte nur ... ich wusste nicht, dass ..."

In dem Augenblick versteht er, warum keine andere Wohnung geöffnet ist. Die Nachbarn verstecken sich hinter den
Türen, nur er, der Dummkopf ist herausgekommen und hat
sein Leben riskiert. Wofür? Ganz genau, wofür? Das ist allein
die Schuld seiner Alten. Vor Angst beißt er sich fast die Zunge
ab, aber nur in Gedanken.

„Ist Ihnen der Bürger Stan Chiriac bekannt? Aus der letzten Etage, Wohnung 43?"

Gicu zögert. Er kennt ihn und gibt keinen Pfennig auf ihn.
Erklärt aber voller Unterwürfigkeit, dass er keine Ahnung
hat. Mit den Autoritäten zu sprechen ist keine gute Sache. Er
mischt sich nicht in das Leben anderer Menschen ein, sondern kümmert sich um sein eigenes.

Er ist ein respektabler Bürger. In Gedanken flucht er über
alle anderen, die, in ihren Löchern verkrochen, vorsichtshal-
ber schweigen. Zu allem Überfluss taucht auch noch seine
Gemahlin an der Tür auf.

„Was gibt's denn, Gicu?"

Letztendlich verkündet ein splitternder Knall das Eindringen in die schuldige Wohnung. Danach hört man einige Flüche,
einige Befehle, dann die verzweifelten Schreie des Herrn Stan.

„Hilfe! Ich möchte nicht mitkommen! Ich habe nichts getan! Brüder! Lasst mich nicht im Stich! Hilfe!"

Der junge Offizier schiebt Gicu brutal zur Seite und gibt
ihm ein Zeichen, er solle abschließen, was dieser dankbar tut.
Dann heftet er sein Auge an den Türspion. Zwei junge Bur-
schen schleifen den kleinen, dünnen, bedauernswerten Kerl
die Treppe hinunter. Popescu dreht sich angewidert um und
sagt zu seiner Gemahlin:

„Was für ein Dreckskerl! Kein bisschen Anstand! Pfui! Dem geschieht es recht!"

DER LETZTE JUNGGESELLE

Sile ist Junggeselle geblieben, ohne dass ihm das bewusst war. Erst bekam er mitten auf dem Kopf eine Platte, dann bildeten sich neben seinen Augen die berüchtigten Krähenfüße. Herbstliche Furchen durchzogen sein Gesicht. Seine Kleidung wurde immer schlaffer. Am fünfundfünfzigsten Geburtstag war er mutterseelenallein. Er zog sich die Schuhe aus, trat ins Haus ein, hing seinen Regenmantel an den Kleiderständer und setzte seinen Hut direkt auf dessen Spitze ab. Diese Angewohnheiten sind seine zweite Natur geworden und Sile weiß, dass er im nächsten Augenblick sterben würde, wenn man sie ihm nähme.

Gegen seine Einsamkeit wurden harte Kriege geführt. Seine Eltern brachten Woche für Woche irgendeine willige Trulla, die ihm ihren Körper auf dem Silbertablett präsentierte. Als ob er nichts Wichtigeres zu tun gehabt hätte. Dann auch noch die Tanten … Diese dummen Hühner schrieben sich auf ihrer Suche quer durchs ganze Land die Finger wund. Der Priester, ansonsten ein Mensch bei klarem Verstand, kam fast um seinen Glauben bei dem Versuch ihn auf den richtigen Weg zu bringen.

„So kann das mit dir nicht weitergehen, du Sile! Was sollen die anderen denken? Was hatten wir besprochen? Finde endlich deinen Platz in der Gesellschaft, sonst kommt die Strafe Gottes über dich."

Der Parteisekretär der Genossenschaft in dem vorherigen Regime, dann der Bürgermeister, dann der Vorarbeiter … Alle, wie von Bienen gestochen. Sie wollten ihn verheiraten. Allein blieb nur noch der Grundschullehrer, ein untröstlicher Witwer.

Sile blickt um sich. Kein Knick, keine Spur von Staub, in seinem Haus herrscht musterhafte Ordnung. Wozu hätte er sich binden sollen? Er legt das steife, gehäkelte Spitzendeckchen auf dem Fernseher beiseite, dann geht er in den Keller, um sich das Feuerwasser zu holen. Er trinkt bedächtig, vor allem während der *Let's Dance Show*. Das ganze Elend der Menschheit versammelt in dem tragischen Moment, wenn ein bedürftiger Tänzer oder eine Waise die Schritte durcheinander bringt, lässt ihn Tränen vergießen, aber sehr diskret, sodass ihn keiner sehen kann. So wie bei diesem Mädchen mit ihrem perfekten Körper, aber einer riesigen hässlichen Narbe auf der Stirn. Er dreht sich um und schmeißt dabei fast die Flasche mit dem Zaubergetränk um. Der Tisch ist festlich gedeckt: Speck mit Zwiebeln, dampfende Kohlrouladen, Goldpolenta und Quarktaschen. Sile klatscht begeistert in die Hände. Er ist entzückt. Es ist die Fee! Endlich ist sie gekommen, die Süße! Sie kommt immer seltener. Aus der Küche kann man ihre kristallklare Stimme hören.

„Was wünscht sich dein Herz noch, Liebling?" Ehe er seinen Mund aufmacht, erscheint die Eigentümerin der Stimme in ihrer prachtvollen Nacktheit! Sie hat einen perfekten Körper, ihre Haut ist komplett aus rosanem, glänzendem Plastik, makellos, ohne eine einzige Falte! Von weitem würde man sagen, sie sei ein Kind. Um den Hals, das schwarze Bändchen. In der linken Hand eine kleine Peitsche. Und hinten, ah, hinten hat sie tatsächlich einen roten Häschenschwanz über den Pobacken, genauso wie in seinen Träumen! Den roten Häschenschwanz gibt es für lau.

DIE LOKOMOTIVE

Siehst du etwas? Es kommt darauf an, von wo du schaust.
Das Kind zum Beispiel schlurft über den Boden und zieht
das Schnürchen hinter sich her. Es guckt auf Bodenhöhe. Die
Lokomotive sitzt tief in einem Busch fest und will sich nicht
mehr vom Fleck rühren. Sie hat rote Räder, einen schwarzen
Kessel und gelbe Streifen. Sie ist realistisch genug – das heißt,
sie surrt und klappert, wenn sie vorwärts rollt – sodass sie
dem kleinen Besitzer das Gefühl der Wirklichkeit gibt. Nur
dass sie jetzt nicht surrt. Jetzt hat sie sich verheddert und
möchte weder vor noch zurück. Augenblicklich wird das
Kind ärgerlich und bald schnaubt es vor Wut. Es zerrt an dem
Schnürchen in alle Richtungen – nur nicht in die richtige. Es
versucht das Spielzeug zu drehen. Das einzige, was es damit
erreicht, ist eine noch verzwicktere Lage. Wellen der Empö-
rung steigen in ihm auf und drohen es fast zu ersticken. Es
rennt zum Großvater und zieht am Zipfel seiner Weste. Der
Großvater aber schläft auf der Liege tief und fest mit offenem
Mund. Was kümmert ihn das?

Der Junge schreit aus ganzer Kehle. Kann denn wirklich
niemand sein Problem aus der Welt schaffen? Etwas schel-
misch scheint der Großvater nach ihm zu sehen, ohne sich
zu beugen, ein halboffenes Auge zum Himmel gerichtet. Er
liegt wie ein umgeworfener Kartoffelsack auf der schlichten
Gartenliege. Der kleine Bursche rüttelt und schüttelt ihn, so
wie es ihm in den Kopf kommt. Von wegen, der alte Mann
möchte nichts wissen. Bläulich im Gesicht, von Windpocken
gekennzeichnet und mit einer roten Nase (das ist wirklich
wahr, er liebte den Schnaps mehr als alles in der Welt, ansonsten ein anständiger Mensch) scheint er jetzt von jeglicher
irdischen Verpflichtung entbunden zu sein. Das Kind packt
ihn an seinen Schnürsenkeln und schafft es, ihm den Schuh
auszuziehen. Dem Großvater macht das nichts aus. Er blinzelt

nicht mal. Der Junge schleift triumphierend die Schnürstiefel über den Hof, jubelt in seiner eigenen Kindersprache. Dieses Fahrzeug ist viel interessanter und abenteuerlicher. Wie dem auch sei. Als Krönung jeglicher Raffinesse springt er mit dem Schuh über die ins Gras gestreckte Hand des alten Mannes. Einmal, zweimal, dreimal, wie über eine Hürde. „Tuuuuut – tuuuut!" Die Hand antwortet nicht auf die Herausforderung. Sie verharrt in ihrer Stellung, die Finger nach oben gerichtet.

Im Busch heult die vergessene Lokomotive. Festgefahren wie sie ist, verflucht sie ihre Tage. Ihr Mechaniker, ein fingergroßes Holzmännchen, rauft sich betrübt die Haare. Wo sind die Schienen geblieben? Die Schienen sind verschwunden. Wo ist die Verpackung geblieben? Der Dschungel hat sie umzingelt, der Kessel ist kalt. Aber woher kommen sie, wohin gehen sie? Wer wird sie retten? Als ob das nicht schon schlimm genug wäre, sieht man am Horizont, aber nicht so weit entfernt, einen bedrohlichen bläulichen Riesen, umgestürzt auf einer Liege. Er bewegt sich nicht, blickt gleichgültig direkt zum Himmel und scheint in einer fremden Sprache zu sagen: „Hier geht es nicht weiter!"

EIN STÄMMIGER, VERSCHWITZTER KERL AUS DER MENGE

Für Izabela

Schau mich nicht mehr so an, Mann! An meiner Stelle hättest du dir die Hose vollgeschissen, egal wie groß du bist! Pass mal auf, was ich dir jetzt erzähle. Zieh deine Show woanders ab und hör auf zu lachen! Mannomann, du bist ja bekloppt! Ganz ehrlich, du machst mich wütend, wart mal ab und quassel hinterher, wenn dir noch danach ist. Heute Morgen war ich an der Haltestelle bei Bucur Obor, da wo die Eins hält. Ich wollte über die Straße, aber du weißt ja, das ist der helle Wahnsinn. Die fahren wie die Bekloppten. Wie beim Autorennen. Ich und noch so an die zwanzig Leute standen auf dem Bürgersteig und warteten darauf, dass die Masse an Autos vorbeifährt, als ein stämmiger, verschwitzter Kerl, so wie du ungefähr, laut rief, sodass ihn alle hörten: „Die sollte man als Kinder schon umbringen".

In dem Moment hatte ich nicht verstanden, wen er mit „die" meinte, aber wenn ich jetzt darüber nachdenke, glaube ich, dass es um die Autofahrer ging. Die hätten doch mal kurz anhalten können, oder? Alter, der hat noch nicht mal zu Ende geredet, da verdreht er die Augen, fällt auf den Rücken und krawumm! zweimal mit dem Kopf auf den Beton, wie eine Kugel. Seine linke Hand – oder doch die rechte? Nein, die linke, ist das die linke? Diese. Die hat gezittert. Er war sofort vollgepisst. Eine Verrückte neben mir fing direkt an zu schreien: „Jemand soll den Krankenwagen rufen! Der SMURD[11] soll kommen! Warum sind die noch nicht da, wo verstecken die sich?!" Na ja, Schwachsinn. Wo hätten die hinkommen sollen? Wann hätten die hinkommen sollen? Einige griffen aber zum Telefon und wählten die 112. Jemand ande-

---

[11] Privater Rettungsdienst.

res rief: „Gibt es einen Arzt hier?" Da war keiner, die wachsen ja nicht auf den Bäumen. Ich sag's dir, die Gaffer kamen wie im Zirkus an. „Lasst uns was machen, seht ihr nicht, dass er stirbt?" – „Drängelt nicht so, er bekommt keine Luft!" Einer, der mutiger war, hielt sein Ohr an seine Brust und meinte: „Kommt schon, er ist noch nicht tot. Er atmet." Da hab ich mich ein wenig beruhigt, aber ich war neugierig, wie's weitergeht. Neben mir war so ein Kleiner mit Brille. Der stellt sich auf Zehenspitzen und flüstert mir ins Ohr: „In zehn Minuten und dreißig Sekunden stirbt er, hundertprozentig!" Ich glotze ihn an. Was für ein Ekelpaket! Am liebsten hätte ich ihm auf die Glatze gespuckt. Was für ein Idiot! Und warum sagt er mir das? Der Umgefallene hatte sich ein bisschen beruhigt. Seine Hand zitterte noch, also war er nicht gestorben.

Eine ganze Menge scharte sich um ihn. Alle wollten ihn sehen. In dem Moment fuhr eine Straßenbahn vorbei, da hätte ich ma' besser einsteigen sollen. Nun gut, letztendlich kam auch der SMURD, genau zu dem Zeitpunkt, in dem unser Mann so machte: Hick. Sie holten Geräte und eine Maske heraus, machten seinen Hals frei, öffneten sein Hemd … da fiel mir auf, wie dumm wir gewesen waren. Das hätten wir vorher auch machen können. Sie betasteten den Dicken, hörten ihn mit dem Stethoskop ab. Der ältere Arzt sagte: „Wir verlieren ihn!". Und weiter gings mit Massage, mit Spritzen. Der Kleine neben mir, zum Teufel mit ihm, schaute auf die Uhr. Wie soll ich dir das beschreiben? So, flott ohne überhaupt darauf zu sehen, sagt er mir: „Eine Minute".

Ich hatte übelst Lust, ihm seine Fresse zu polieren und zu fragen: „Was für ein Mensch bist du? So ein Miesepeter und Wichtigtuer!" Aber ich habe nichts gesagt, denn ich habe geguckt, wie die Jungs aus dem Krankenwagen ihren Job machten. Da war auch noch ein dünnes Mädel. Sie hatte ihm zwei Finger an den Hals gelegt und schüttelte mit dem Kopf. „Komm schon, komm schon!", schrie der Ältere. „Himmel nochmal! Was glotzt ihr so? Kommt schon, schneller, er stirbt!" Der Dritte holte dann dieses elektrische Gerät, das man auf den Brustkorb legt, mit zwei Griffen, so, wie zwei Bügeleisen. Und dann, Alter, haben sie ihn unter Spannung gesetzt. Du hättest sehen sollen, wie der Tote hochgesprungen ist. Na ja, vielleicht war er davor nicht wirklich tot, aber in dem Moment war er es, glaub ich, denn der Kleine neben mir sagte nur: „Fertig". Und was glaubst du, was danach kam? Er machte sich Platz durch die Menge, ging zu dem alten Arzt, flüsterte ihm was ins Ohr, drückte seine Hand weg, schob die Frau beiseite und packte den Toten. Ja, Mann, er nahm den Toten mit. Er schmiss ihn über seine Schulter, wie einen Ast, drehte sich zu mir und sagte: „Lasst mich durch, der gehört mir". Mann, die Menschen grölten und buhten ihn aus: „Für wen hältst du dich, du Mistkerl?" Er bewegte sich in meine Richtung und sagte: „Macht Platz!" Genau daneben war einer, ein Muskelpaket mit großem Maul: „Du nimmst hier niemanden mit!" Und der Kleine streckte nur einen Finger raus, berührte dessen Oberkörper und schon verstummte der Klotz.

Dann schaute er mich an. „Geh mir aus dem Weg!" Ich hatte plötzlich Todesangst und ging zur Seite. Wir alle gingen zur Seite. Keiner sagte einen Ton. Der Kräftige war wie gelähmt. Als der Kleine zwischen uns beiden herlief, streifte er kurz meinen Ellenbogen. Mir wurde übel, wie wenn man kotzen muss, und dann kam es auch sofort. Der Kleine aber verschwand mit der Leiche auf der Schulter, so als ob nichts passiert wäre. Wir guckten uns gegenseitig dumm an. Die Ärzte sammelten ihr Zeug und fuhren ohne Sirene davon. Ich schwör dir, keiner hat mehr einen Ton gesagt. Wir sind wie die Wiesel davongelaufen. Siehste? Hier, guck mal, mein Ellenbogen: Die Stelle ist jetzt noch kalkweiß und taub. Checkst du es, du Trottel?

STILLE IN DER DISCO

Freitag ist der schönste Tag der Welt, des Universums, seit eh und je und sowieso in meinem Leben. Hier in der geräumigen Disco, zehn Meter unter der Erde, ist die Musik genauso wie es sein sollte: englische Clubmusik, kein großes Getue, einfach nur coole Moves. Die Menschenmasse umringt mich von allen Seiten, der DJ ist high. Jungs und Mädels halten Gläser und Flaschen in die Höhe, der Rauch ist süßlich. Mir geht's gut. Ich zapple, schüttle meine Hände und meine Beine – nicht allzu stark, ich bin groß und weiß, wie verloren ich dabei aussehe ... Ab und zu stellt sich einer auf Zehenspitzen und streckt sich zu meinem Ohr, um dummes Zeug rauszulassen. Ich kenne alle Anmachen: Lass uns näher kennenlernen, etwas zusammen trinken, ich soll ihn zum Stehen bringen, ihm einen runterholen, in der Ecke, von hinten, direkt unterm Tisch. Ich trinke langsam und tanze immer mehr. In meinem Kopf poppen immer ungewöhnlichere, seltsamere und anstößigere Wörter auf. Vera stößt mich mit dem Ellenbogen: Wir werden beobachtet, aus der Ferne mit den Augen ausgezogen, von einem Lackaffen. Meu – te – leu – te. Ich wiederholte das Wort einhundert Mal, in allen Rhythmen, bis es sich in mein Gehirn eingebrannt hatte. Ich bin von einer dreckigen Höflichkeit umzingelt, die glänzt.

Jetzt gibt es eine Explosion an der spitzen Decke des Saals. Rosa, lila, viele elektrisierende Farben. Und noch mehr Elektrisierendes gab es auf dem Klo. Elektrisierender Lippenstift, elektrisierende Taschen, schreiende Kunststoffböden, pikanter Eyeshadow. In diesem Moment bewege ich mich leicht schaukelnd in Richtung Toilette. Ich würde mir schon wünschen, dass der Freitag länger, viel länger hält, dass ich den Samstag, den Sonntag und den Montag hier verbringe, in dieser lebendigen Feuchtigkeit ... Jetzt werde ich mir eine Linie ziehen und die Nacht wird dann Geschmack bekommen.

Zum Teufel mit euch allen! Selbst wenn ich einem Drecksack den Schwanz lutschen werde, spielt das auch keine Rolle mehr.

Plötzlich verstummt die Musik, wie mit einem Messer durchtrennt. Die Jungs und die Mädels, die Dicken, die Schlabberigen, die Dünnen und die mit Sommersprossen, sie alle ziehen sich zurück. Über die Treppe kommt der surreale Märchenprinz auf einem Regenbogen in die Disco geritten. Er hat Feueraugen, Funken in den Haaren, sein Gesicht leuchtet in Neonfarben, sein Schwert ist lebendig und schlackert in der Luft. Die lässige Große läuft entschlossen auf den Prinzen ihrer Freitagsträume zu. Sie packt ihn und in der Disco wird alles still. Es fängt an zu regnen. Oder vielleicht kommt es ihr nur so vor, aber das spielt auch keine Rolle mehr.

MUTTERSÖHNCHEN

„Meine Liebe, du bist entweder verrückt oder bescheuert oder richtig dumm! Der ist doch ein Muttersöhnchen, stürz dich nicht Hals über Kopf in diese Beziehung! Der ist nicht in Ordnung, renn solange du noch kannst!"

Lena blickt entgeistert zu ihrer guten Freundin Elena. In ihrem Kopf blitzt der Verdacht auf, dass das Lebewesen vor ihr eigene Interessen verfolgt (ihre Stimmung ändert sich so abrupt, dass sie gar nicht merkt, wie sie von Süße auf Lebewesen umschaltet). Sie starrt ihre Freundin an, als sähe sie diese das erste Mal. So wie sie es eben gesagt hatte, war Elena entweder neidisch, oder sie hatte sogar selber Interesse … Oder aber … Sie schaut sie mit zusammengezogenen Augenbrauen an.

„Ja, alles klar, dann hören wir voneinander."

Was im Klartext bedeutete, dass sie nie wieder miteinander reden würden. Hammerfreundin! Es muss noch gesagt werden: Lena war bis über beide Ohren verliebt. Und der Typ, der Mann, eigentlich doch der junge Typ, der ihr das Herz geraubt hatte, war der Traum einer jeden Frau. Anständig, mit guten Manieren, elegant, wie aus dem Ei gepellt, groß, hübsch, mit blauen Augen, immer angenehm riechend. Kein Vergleich zu den sonstigen Ekelpaketen, die man nur mit viel Humor Männer nennen konnte. Kompromisse waren sie alle. Lena wusste, aus dem tiefsten Inneren ihres Herzens, dass sie eine gute Wahl getroffen hatte. Nichts und niemand würde ihr Glück trüben. Es mag ja sein, dass der Märchenprinz ein wenig zu sehr seine Mutter schätzte, aber Lena hielt das für angebracht. Sie hatte die Mutter kennengelernt und es gab nichts, was man ihr vorwerfen konnte. Eine gastfreundliche Frau, quicklebendig, stets mit einem Lächeln im Gesicht. Nie hatte sie sich von der zukünftigen Schwiegermutter bedrängt gefühlt: weder beim Essen, noch im Kino, noch im Theater.

Lena konnte sie nicht einmal „Schwiegermama" nennen, weil sie eher eine zukünftige Freundin war. Sie liebte ihren Sohn, genauso wie Lena es auch ihr ganzes Leben tun würde.

Am selben Abend erschien Lena mit rasendem Herzen in der prächtigen Wohnung. Ihr Liebling hatte ihr mit einem schelmischen Lächeln gesagt, dass sie allein sein würden. Mutti (wie er sie zu nennen pflegte) war mal kurz weg. Seine verwirrte, schmierige und naive Stimme versprach ihr eine Traumnacht.

So musste es sein. Er empfing sie in lässiger Kleidung und küsste sie leidenschaftlich, so als hätten sie sich nie zuvor geküsst. Der Tisch dekoriert, eine Sektflasche, funkelnde Lichter wie in den Liebesfilmen. Die mochte er auch – alles war perfekt. Sie war verloren, in einem Labyrinth aus ewiger Liebe. Er trug sie nach oben in sein dunkles, brav wirkendes Zimmer. Es wunderte sie ein wenig, dass das Licht aus war. Man konnte die Kleidung raschelnd von ihnen herunterfallen hören. Er legte sie auf das Bett, das flauschig war, die Wäsche roch frisch. Er streichelte sie, küsste und liebkoste sie. So wie das nur wahre Männer zu tun wissen. Danach spreizte er leicht ihre Beine. Sie spürte seine Erregung und Nervosität, packte seine Pobacken und zog ihn in sich. Dann umschlang sie ihn mit ihren Beinen. Es war gut, es war seeehr gut. Lena wusste, dass sie jetzt beide die Ziellinie des Glücks erreichen würden.

Genau in diesem Augenblick spürte sie um ihren Knöchel eine andere Hand, die ihr Bein zurück auf das Laken zog. Dann hörte sie die bekannte, aber gebieterische Stimme:

„Keine Perversionen mit meinem Jungen! Du unverschämtes Ding, zurück auf deinen Platz!"

ICH WOLLTE, DASS DU GEHST …

In dem Augenblick, als sie den ersten Teller über den Kopf hob, wusste ich, dass die Runde verloren war. Der Teller zerbrach auf den Fliesen und füllte die Küche mit Scherben. Erstaunlicherweise wurde ich in dem Moment ruhig. Ich erwartete den zweiten und er kam. „Warum, warum, warum, du Monster, warum du Hornochse?" Und, klirr, folgten alle Teller der Reihe nach, während sie mir direkt in die Augen schaute. Danach schnappte sie sich das Paket von George; ein dreckiger Lappen, in den ich die heikle Festplatte gewickelt hatte. Bloß wusste sie nicht, dass darauf alles gefilmt und geschnitten war. „Sag mir, wer sie ist! Kenne ich sie? Ich reiß ihr das Herz raus!" Sie wartete nicht auf die Antwort und schmiss alles auf den Boden. Ich spürte in meinem Inneren ein leichtes Herzzucken und verbarg die Angst vor dem Aufprall. Danach entspannte ich mich. „Ich wollte, dass du gehst, ich wollte auch, dass du bleibst. Dem ersten Gedanken folgtest du."[12] Meine Bildung als Philologe lässt mich in schwierigen Augenblicken nie im Stich, nicht einmal, wenn ich den Eindruck habe, der Himmel falle mir auf den Kopf. Und nun war der Himmel auf dem Fußboden, zwischen den Scherben. Ich lachte. Das brachte sie aus der Fassung. Sie stürzte sich mit ihren Fäusten auf mich: „Warum lachst du? Du Schuft! Wie konntest du bloß?"

Nun gut, ich konnte es einfach und sogar noch mehr, ich filmte alles und die Kamera, die uns aufnahm, war noch erregender. Aber wem soll man das erzählen? Keinem. Nur George, der den Film zusammengeschnitten hatte. Solche Sachen erzählt man nicht herum, man schaut sie sich einfach an. Die Fäuste beruhigten sich und deren Inhaberin brach in Tränen

---

[12] Aus dem Gedicht „De-abia plecaseşi" von Tudor Arghezi, bedeutender rumänischer Dichter und Schriftsteller.

aus. Ich zögerte. Tränen sind kein guter Antrieb für Entscheidungen. So denke ich. Wenn nichts Besonderes mehr passiert, knallt der eine die Tür zu und verschwindet. Der andere bleibt zurück. Mit von brüllendem Geschrei und Wut zugedröhnten Ohren reibt er sich die verletzte Brust. Schließlich gingen dann die Fäustchen, so als ob es sie nie gegeben hätte.

Die Ruhe, die dem Türknall folgt, ist so brutal, dass mein Kopf rauscht. Ich fange an mit Gesten aufzuräumen, von denen ich, falls ich Schriftsteller gewesen wäre, gesagt hätte, sie seien mechanisch. Zuerst die Teller, das was von ihnen übrig ist, die Scherben, nur gut, um dir die Füße zu schneiden. Ich nehme das Kehrblech, die Bürste, dann sauge ich. Ich höre unten jemanden jaulen. Ich breche ab und gehe zum offenen Fenster. Ich beuge mich nach vorn und blicke in Richtung Innenhof. Gott sei Dank ist er leer. Ich hatte den Eindruck, sie sei noch da, flehend wie ein begossener Pudel.

Danach sammele ich voller Nervosität die Festplatte, auf der ich, hmmm … das sensible Subjekt und Prädikat versteckt hatte. Sie soll mal zu Sinnen kommen, ich mach mich doch nicht zum Affen für sie! Wieder bin in Lachen ausgebrochen: Die Doofe wusste gar nicht, dass sie die Antwort in der Hand hielt. Aber so passiert es nun mal: Du siehst nicht, was sich direkt vor deinen Augen befindet, weil du etwas völlig anderes erwartest. Sie hatte die Feindin auf der Hand, sie hätte alles ausdrucken können, wenn sie ein bisschen Hirn gehabt hätte. Aber das hatte sie nicht. Wenn sie ihre fünf Minuten bekommt, ist es ihr unmöglich rational zu denken.

Ich drehe die Festplatte hin und her, betrachte sie von vorne und hinten; George meinte, sie habe einen Antischock-Schutz. Ich schüttele sie sanft und halte sie ans Ohr: etwas klackert darin … Reg dich bloß nicht auf, sage ich zu mir selbst, während mein Herz beim Hören des Geräusches stillsteht. Ich bin fertig mit der Küche und schalte das Licht an. Es gibt keine Scherben mehr. Ich begebe mich zu ihren

Sachen, die in allen Richtungen verstreut liegen. Am sinnlichsten ist das graue Spitzenunterkleid, das vage nach Haut und Parfüm riecht. Ich drücke es an die Wange. Was für ein vertrautes und tröstliches Gefühl. Ich sammele alle Fläschchen, Schatullen und Döschen ein. Ich lege sie in die Kiste, die ich ihr vor einem Jahr geschenkt hatte. Die Kiste mit Verschnörkelungen ist mir jetzt fremd und unsympathisch. Was sie wohl daran gut gefunden hatte? Ich kann es kaum glauben, dass ich es tatsächlich für sie gekauft hatte. Ich war verrückt, das muss die Erklärung sein. Damals war ich verrückt nach allen Teilen von ihr, auch nach denjenigen, die sie mit energischer Unzufriedenheit versteckte: die Hüftpölsterchen, die breiten Fingernägel, das Muttermal unter der Nase … Ich hätte mir nie vorstellen können, dass mir Dinge gefallen könnten, die mir ganz bestimmt nicht gefallen. Jetzt mehr als je zuvor. Es ist klar, dass ich ein Trottel war, ihr Trottel.

Ich bin fertig mit dem Einpacken. Ich hebe das Gepäck auf – es ist schwer – und lasse es vor der Tür. Dann schalte ich mein Handy ein und lösche ihren Namen! Pfff! So als ob es sie nie gegeben hätte. *Ich wollte, dass du gehst.* Gut, dass du gegangen bist! Lass ma', ich werd' schon was von der Festplatte retten … und wenn ich es nicht schaffe, ist es auch kein großer Verlust! Was gewesen ist, ist gewesen! Wir bekommen es hin! Ich filme einfach noch einmal!

MUTTER NATUR

Die Gewohnheit ist die zweite Natur. Und welche ist die erste? In der Regel bringt ihr die Schwester zur Mittagszeit, um Punkt halb zwei, unter den Blicken der neidischen Zimmernachbarinnen das Tablettchen mit den Medikamenten. Sie weiß ganz genau: Elena würde töten, Eulampia würde ihr Geschlecht ändern und Elvirița würde sogar mit dem Pförtner schlafen, nur um ihren Platz einzunehmen. Der Schauplatz: die Luxussuite der Station, mit ständig zugezogenen Vorhängen, akustisch gut isoliert. Ein Fernseher, so groß wie die Wand, auf dem ihr Lieblingsfilm abgespielt wird. Ihre große Rolle. Die Diva ist ganz Auge und Ohr.

Trotz der Berühmtheit weiß die Kranke immer noch nicht, was aus ihr wird. Die Krankenschwester denkt darüber nach, es ihr zu sagen. Alle machen ihr etwas vor und der Psychiater (der Chef selbst) bemuttert sie wie einen Säugling. Trotz seiner langjährigen akademischen Erfahrung war er außer sich, als er sie sah. Seitdem ihre aussichtslose Situation ihm bewusst wurde, ist er völlig verzweifelt. Die Sekretärin Lenuța schwor die Tage, dass sie ihn mit Tränen in den Augen sah. Wenn er Tränen in den Augen hat, ist das kein gutes Zeichen.

Heute bringt die Schwester keine Medikamente mehr. Dafür aber frische Brötchen, Kaviar aus der Mandschurei, Consommé, feinsten marmorierten Schinken mit Gorgonzola, Froschschenkel, Austern mit Knoblauchsoße, eingelegte Hoden und eine Karaffe mit Chianti. Das Dessert in einem milchigen Kristallglas. In der Mitte eine duftende blut-schwarze Rose, die sich zwischen den Delikatessen Geltung verschafft. Die junge Frau deckt den Tisch so feierlich wie irgend möglich und versucht dabei die Patientin nicht zu stören. Aus dem Augenwinkel betrachtet sie die berühmteste und zugleich unglücklichste Besucherin des Krankenhauses. In dem Film spielt sich gerade die Szene ab, in der die Königin den Ring von ihrem Finger und gleichzeitig auch ihr Herz ausreißt. Man schaut ihr hinterher. Oh mein Gott, wie schön Kunst sein kann! Wie sie einen Menschen verunstaltet. Die Patientin, dürr wie der Tod – man kann ihre Venen sehen, ihre Haut gleicht getrockneten Feigen – ist grantig und viel weniger schön als gemeinhin angenommen. Was soll's! Das Leben spielte sich sowieso woanders ab, auf keinen Fall hier im Krankenhaus! Hier herrscht der widerliche, garstige, unerträgliche Teil der Realität.

Wie ich bereits sagte, ist die große Schauspielerin nur Haut und Knochen, so war sie ihr ganzes Leben lang. Tausende und Millionen von anderen schmachtenden Frauen trieb sie mit ihren leidenschaftlichen Aufnahmen schier zur Verzweiflung. Sie allerdings verzieht das Gesicht beim Anblick des reichhaltig aufgetischten Menüs. Mit spitzen Lippen kostet sie, zeigt sich vom Wein enttäuscht und rülpst nach der Consommé. Mit heruntergezogenen Mundwinkeln zeigt sie dem ausgefallenen Dessert ihre Keramikzähne, fasst das Glas nur am Kelch, um es von sich zu schieben. Sie hatte Appetit gehabt, ihr ganzes Leben hat sie vor Hunger gelechzt. Sie war sich des Preises, aber auch der Belohnung bewusst. Wie an dem Marterpfahl erduldete sie alles. Kunst verlangt Opfer und das Fleisch, dieses Unersättliche, muss bestraft werden. Jetzt hat sie die Gelegenheit zu essen, sie kann alles tun, was ihr in den Kopf kommt, verborgen in den Innereien des Krankenhauses. Ausgerechnet jetzt stecken ihr der Geruch – und der Sehsinn einen Finger in den Hals. Sie hat vergessen, wie man isst. Schnell setzt sie ihren strengen Blick auf, als sie die junge Frau bemerkt, die sogar die Spur ihrer Füße lecken würde, nur um für einen kurzen Augenblick den Höhepunkt ihres Ruhms zu erreichen.

Natürlich hat sie diese gleich durchschaut. Ihr ist klar, was die anderen in ihr sehen. Sie kennt alle. Der eine ist wie der andere. Mit einer souveränen Geste weist sie die junge Frau

an: „Verschwinde!" So als ob sie von ihrem Finger den berüchtigten Ring abreißen würde. Dann erbricht sie sich aus-
giebig, obwohl sie nichts angerührt hatte.

DER RUF DES SCHICKSALS

Wie vier Gespenster in Gewändern gehen die vier Männer die Treppe hinunter ins Untergeschoss. Tiefe Nacht. Alles raschelt. Der Raum ist schlecht beleuchtet von einer dämmrigen Laterne, die aus einer Nische flackert. Ohne ein Wort ziehen sich die Männer ihre Gewänder aus, krempeln ihre Ärmel hoch und setzen sich an den polierten, kalten Steintisch. Einer von ihnen schaut nach links, nach rechts, danach fragt er verwirrt:

„Haben wir keine Steckdose? Kommt schon, Leute … Ich habe nur noch einen Strich und erwarte einen Anruf."

Die anderen lachen sich ins Fäustchen. Der Älteste kramt eine Schachtel fettiger Spielkarten aus der Hosentasche heraus. Er mischt sie durch und es fallen Krümel herunter.

„Worum spielen wir heute?"

Sie legen alles, was sie haben, auf den Tisch: Knöpfe, Zigarettenetuis, Nadeln, Manschettenknöpfe, altes Kleingeld. Derjenige mit dem Handy trägt ein Schmuckstück, das sich verweigert, seinen Finger zu verlassen. Der Mann gibt auf. Wenn er verliert, wird er es mit Öl oder Petroleum versuchen. Die Runde beginnt. Die ersten Stiche verlaufen in Stille. Irgendwann sagt derjenige mit dem Handy:

„Ach, wie gern ich mir eine Zigarette anstecken würde!"

„Hier ist Rauchen verboten, junger Mann. Ich habe vor dreißig Jahren aufgehört, ich kann den Rauch nicht mehr ausstehen. Ich schwöre. Meine Frau, die Arme. Sie hat mich gerettet. Jeden Tag, mecker – mecker, mecker – mecker, hör auf damit, Pandele. Übrigens, ich heiße Pandele …"

„Sehr erfreut. Ich eröffne."

„Sie ist mir so lange auf die Nerven gegangen, dass ich mir am liebsten den Strang um den Hals gelegt hätte. Ehrlich. Ich hatte nur noch düstere Gedanken. Mann, ich war sogar beim Psychologen. Und der sagt dann so zu mir: „Mensch, bist du ein Mann oder ein Waschlappen?" Nun, wie ihr sehen könnt, habe ich es geschafft. Ganz einfach. Ich könnte sagen, es war wie ein Unfall. Stimmt schon, ich vermisse das Pokern aus meiner Jugend mit Partys und Nutten, aber Zigaretten muss ich nicht mehr haben."

„Ach, die Frauen, zischt der Dritte durch die Zahnlücke. Ein notwendiges Übel sagt ihr bestimmt, aber trotzdem ein Übel. Ich persönlich hätte meine am liebsten erwürgt. Sie hatte die Aufräum-Manie und steckte ihre Nase in meine Sachen. Bedient. Um ehrlich zu sein, habe ich sie ziemlich mit Füßen getreten. Einmal, zweimal, dreimal. Meint ihr, dass sie damit aufgehört hat? Sie lag eine ganze Woche lang da. Sie sah aus wie tot. Und dann war sie wieder auf den Beinen, gerade wie eine Kerze. Was glotzt ihr so? Ich habe doch gesagt, ich bin bedient. Was jetzt? Jetzt sagt ihr sicherlich, sie hat sich um mich gekümmert, mich gewaschen, mich gefüttert … Aber sie hat auch mein Leben vergiftet."

„Meine Frau, gnädige Herren", sagt der Vierte, der gerade seine Karten mit einem leeren, verklärten Blick durchgegangen war, „meine Frau war rattig. Ich weiß, es bringt Unglück über Ratten zu sprechen, aber ich muss euch die Wahrheit erzählen. Ich habe sie mit meinem Cousin in der Kiste erwischt, mit meinem Onkel, mit meinem älteren Bruder und mit dem jüngeren! Zum Teufel mit ihr! Sie trieb es nur in der Familie, anstatt sich ihr Loch für den Rest der Welt aufzusparen! ‚Ich brech dir den Schädel' – ‚Ich töte dich eigenhändig!', habe ich ihr gesagt. Meine Herren, lange Rede, kurzer Sinn: Pech in der Liebe, Glück im Spiel. Full, ja Full House mit Assen, meine Herren."

Eine böse vorahnende Stille breitet sich aus. Alle starren auf die drei Asse und die zwei Sieben. In dem Moment klingelt das Handy. Der Jüngere geht ran:

„Ja, Cecilchen. Ich bin's, ja. Ich liebe dich, mein Hasibär … Nein, nein, keine Ursache, ganz gut, wieso sollte ich mich allein fühlen? Du bist doch da, mein Mäuschen, mein Hasi. Wie, der ist umgefallen? Ich hatte ihn doch vor einer Woche fixiert. Nein, Hasibär, kannst du das wirklich nicht? Was ist denn, mein Schätzchen? Jetzt? Willst du das jetzt?", er blickt enttäuscht zu den Karten auf dem Tisch. „Uff … Ja, ich ziehe mich an und komme sof... Na, jetzt ist es abgesoffen! Wie zum Henker ist es möglich, dass es auf dem ganzen Friedhof keine einzige Steckdose gibt? In was für einer Welt leben wir? Ich warne euch, wagt es nicht, die Karten anzufassen. Und rührt euch nicht vom Fleck!"

Er wickelt sich den Mantel um und verschwindet in der Nacht.

Hinter seinem Rücken schauen sich die anderen doppeldeutig an. Der wird noch früh genug erwachen. Was sie allerdings betrifft, ohne Witz: Wo könnten sie sonst noch hingehen?

DER GUTE WOLF

Zmaranda präsentiert sich auf der Straße wie ein Biest. Sie trägt das Kleidchen mit den meisten Blümchen, die rotesten Schuhe, sie hat sich die Nägel in neongrün lackiert und Marienkäfer in verschiedenen Farben darauf gemalt. Um die Taille hat sie einen orangenen Seidengürtel geschnürt und in die Ohren blaue Ohrringe mit jeweils einer weißen Perle gesteckt. Sie glänzt wie das Tageslicht. Genau deswegen präsentiert sie sich vor der Nase des Vorstadtpöbels. Die beleidigten Mütter grummeln und fluchen alle mit in gleicher Manier hinter den Vorhängen und an den Eingangstüren. Die kleinen Trottel allerdings heißen sie willkommen, fühlen sich von ihr angezogen wie die Motten vom Licht. Einer stolziert an ihre rechte Seite und fuchtelt vor ihrem Gesicht mit seinen Fingern voller protziger Goldringe. Das ist Costel der Dicke. Mirel der Kleine bietet ihr eine kalte Boza[13] an, aber sie lässt ihn mit einem Blick abblitzen. Boza? Für wen hält er sich eigentlich? Viorel wagt einen verzweifelten Versuch und bringt ihr einen stibitzten Blumenstrauß aus Tanti Gherghinas Hof. Sie würdigt ihn mit einem mitleidigen Blick durch ihre getuschten Wimpern.

Tagein tagaus, die gleiche Geschichte ... lange, warme, klebrige Sommertage. Keiner aber sieht das träumerische Schimmern in ihren Augen. Zmaranda schlendert nämlich nicht wirklich auf ihrer Straße herum, sondern auf dem größten Boulevard der anderen Welt, während ihr Rock, ihr Gürtel, die Ohrringe, die Augen, die Nasenlöcher und die kurzen Haare im Nacken hier vor den Häusern zart schwitzen. Sie träumt von dem großen Augenblick, in dem sie sich aus der Nachbarschaft der Vorstädter aus dem Staub machen wird.

---

[13] Boza ist ein leicht alkoholisches, süßlich-prickelndes Bier, ursprünglich aus Hirse.

Bis zu dem Tag, an dem der tollwütige, chancenlose männliche Stolz sie in die Zange nimmt. Es ist sieben Uhr abends und sie alle umzingeln sie wie ein Rudel Tiere, vom Geruch der Beute wie von einem Nasenring gefesselt. „Wart mal ab, du Ziege, du wirst noch dein blaues Wunder erleben!" Sie fassen sie an. Hosen, Bizeps und Finger aller Art nehmen sie in Besitz. „Was glaubst du, wie lange du noch mit deiner Fotze vor unserer Nase protzen wirst, du Ziege?"

Die Armen haben aber kein Glück. Sieh mal an! Am Ende der Straße erscheint der gute Wolf, leicht ergraut, auf seinem scheuenden roten Pferd geritten. Mit Ledersattel. Er schnaubt Feuer aus seinen Nasenlöchern und schiebt seine schwarze Sonnenbrille wie ein Visier hoch auf die Stirn. Er geht auf sie los wie auf eine Horde Waschlappen. Das Mädchen fasst er mit seinen Zähnen zärtlich beim Nacken, beugt ihren Hals und schleppt sie in den glitzernden Schoß der Limousine. Ein wenig später verspeist er sie feinfühlig. Zmaranda ist eine Delikatesse. Sie verdient es.

DIE VERHÄNGNISVOLLE TANTE

„Und Sie meinen, die Tante hätte alle diese Sachen mit ihren eigenen Augen gesehen?"

„Herr Doktor, ich es schwöre Ihnen. Sie hat bis ins Detail von dem grauenvollen, bösen Geist und dem Gespenst erzählt. Meine Tante war schon immer neben der Spur. Mein Vater meinte, sie spreche mit den Toten."

„Und woher wissen Sie, dass dem wirklich so war? Vielleicht tat sie nur so."

„Ach, neee, Herr Doktor. Sie tat es sehr wohl. Großvater, Gott hab ihn selig, hat sie vermöbelt, als das mit dem Urgroßvater war. Uropa verstarb unerwartet und hat keinem sagen können, wo … Alle wussten, dass er mit seinen eigenen Händen einen Schatz vergraben hatte. Urgroßvater, der Vater vom Großvater, den meine ich. Nachdem ihr Vater sie verkloppt hatte, sagte er ihr frei heraus: ‚Du Irre, wenn du mir nicht sagst, wo Vati seinen Schatz versteckt hat, mache ich dich höchstpersönlich platt!' Meine Tante, die zu der Zeit noch ein kleines Kind war, sagte: ‚Wenn ich euch morgen sage (Großmutter, die mittlerweile verstorben ist, war auch dabei. Das erzähle ich euch aber später, da ist nämlich auch was faul!), wo Opa sein Geld versteckt hat (ihr Opa, also mein Urgroßvater, Zamfir war sein Name), glaubt ihr es mir dann?' Am nächsten Tag, an Mariä Himmelfahrt, ging das Mädchen zum Großvater (der seinen Gürtel herausgezogen hatte) und flüsterte ihm etwas ins Ohr. Großvater nahm einen Spaten, ging hinten auf den Hof und nach einer Stunde kehrte er mit der Beute zurück. Ein verschimmelter Münzbeutel aus Leder, in dem neunhundertneunundneunzig Goldmünzen versteckt waren. Die Kleine, die Tante meinte: ‚Nur neun'neunzig Okka[14] Ei-

---

[14] Gewichtsmaß, das im Osmanischen Reich verwendet wurde. Meistens waren es 1282 Gramm. In Rumänien von dem Herrscher Al. I. Cuza eingeführt.

sen'. Was wusste sie schon? Sie war nur ein kleines Mädchen. Nun gut, seit dem Zeitpunkt wussten alle, dass sie nicht lügt. Großvater küsste sie, gab ihr einen Lutscher, schlug sie aber weiterhin, damit sie nicht mehr mit den Toten redete."

„Und was ist mit dem Geld passiert?"

„Herrgott, woher soll ich das wissen? Großvater war genauso knauserig wie sein Bruder, mein Uronkel."

„Hat eure Tante es nicht wiedergefunden? Mit ihrer Gabe … Heutzutage darf man ja Goldmünzen besitzen. Hat sie euch nichts gesagt?"

„Ach, nein, sie hat ihm ja nie verziehen. Seit der Tracht Prügel konnte sie ihn nicht ausstehen, meinen Großvater meine ich. Mann, war er schlimm, er verlor die Beherrschung, wenn er wütend wurde. Um nichts in der Welt will sie mit ihm reden. Meine Tante sagt heute noch, dass er knauserig ist. ‚Er ist aber tot, Tante.' – ‚Von wegen, er ist tot! Ihr alle seid tot! Hört mal, einen Lutscher hat er mir gegeben, für so viel Gold!' Er wollte nichts sagen, der Gierschlund, Gott vergib mir. Später sagte meine Tante dann, dass Großmutter auf die Mistgabel fallen und Großvater von einer Schnecke zerquetscht wird. So war es, die Alte viel vom Dachboden auf eine Mistgabel. Bei dem Alten aber hat sie nicht richtiggelegen, er wurde nicht von einer Schnecke zerquetscht, Gott vergib mir, sondern von einem Zementlaster, der rückwärtsfuhr, genau zu der Zeit, als sich Großvater in der Stadt ein Haus baute, ein riesengroßes Haus. Aber guckt mal, keiner konnte es zu Ende bauen, denn keiner wusste, wo der Alte die Kohle versteckt hatte. Jetzt schauen Sie mal, Herr Doktor, jetzt hält sie an bösen Geistern fest. Sie meinte, sie werden unsere Hühner und unser Schwein töten. Und was glauben Sie, ist in der Nacht von Samstag auf Sonntag passiert? Ja, Herr Doktor, genau das. Lachen Sie nicht! Ich habe sie mit meinen eigenen Augen gesehen, als sie eingebrochen sind. Sie hatten brennende Augen. Ich habe mich, entschuldigen Sie, ich habe mich vollgeschissen. Wenn man weiß, was einen erwartet, ist es schlimmer. Man bekommt kein Auge mehr zu. Wenn sie sagt, dass ein Unglück geschehen wird, dann passiert es auch und man hat keine Ruhe mehr."

„Und die Goldmünzen? Das Geld? Ist es nie gefunden worden? Das müssen um die sechs Kilo Gold gewesen sein … Zumindest eines, zum Anlegen."

„Nein und nein. Wir haben es auch versucht. Wir haben ihr gut zugeredet. Aber nichts."

„Und wo ist diese Hexe jetzt?"

„Wir haben sie mitgebracht. Sie ist im Flur. Wir können sie nicht allein lassen, da sie nicht alle Tassen im Schrank hat, wie ich Ihnen bereits gesagt habe. Sie verschwindet augenblicklich plötzlich und läuft hinten auf unseren Hof."

„Warum denn hinten auf den Hof?"

„Da kommt Urgroßvater hoch. Angeblich ist er sehr verärgert, dass sein Sohn das Geld genommen hat und dass die Tante ihn ständig aufweckt."

„Haben Sie dort gegraben?"

„Natürlich, so viel Hirn hatten wir auch in der Birne. Da war aber nichts."

„Aha", sagt der Arzt enttäuscht und vermerkt etwas in einem Notizbuch.

Dann geht er durch die Tür hinaus und blickt zu dem benommen Gnom in dem Sessel. Er streift ihr das Kopftuch mit den Fingern aus dem Gesicht, öffnet ihren Mund, tastet ihre Stirn ab, leuchtet mit der Taschenlampe in ihre tränenden Augen und ruft nach den Angehörigen. Dann kommt er ins Grübeln und murmelt wichtigtuerisch:

„Meine Dame, mein Herr wie soll ich es Ihnen sagen … Im Grunde kann es ein ernsthafter Fall sein, oder auch nicht. Ihre liebe Tante hat diese ganzen Sachen in ihrem Kopf und verwirklicht sie, wie soll ich Ihnen das erklären, nachdem sie sie träumt. Ja, ein schwerer Fall. Hat sie keiner gefragt, ob sie Albträume hat?"

„Nein, wir haben sie nicht gefragt. Wie in aller Welt hätten wir sie fragen sollen? Sie tickt doch nicht richtig."

„Ja, ich verstehe … Sie waren mit den bösen Geistern beschäftigt. Wir werden auch die noch los. Nun gut, die Medizin dafür ist: traumloser Schlaf und nichts weiter. Medikamente und Ruhe. Pah, pah und adieu Gespenster, adieu böse Geister! Sie lassen sie für eine Woche hier und dann holen Sie sie wie neu ab. Vielleicht finden wir heraus, wieso sie sich mit dem Tod des Großvaters vertan hat. Moment mal, wieso sieht sie dann den Großvater nicht? Hat sie wirklich kein Wort über die Goldmünzen gesagt? Ich kann das nicht so wirklich glauben …"

„Ja, wir haben es Ihnen gesagt, Herr Doktor. Sie kann ihn nicht ausstehen! Nicht einmal jetzt, nach vierzig Jahren! Sie tritt noch ab und …"

„Keine Sorge", sagt der Arzt, „sie tritt nicht ab, solange ich hier bin … Wir bringen Licht in die Sache. Alles wird gut. Das Geld ist kein Problem."

DIE MACHT DES VORBILDS

Ob es wohl reichen wird? Kleine Vorspeisen, unterschiedliche Käsesorten, Kohlrouladen, Knoblauchsülze („Ich habe es dir gesagt: keine Knoblauchsülze, aber du … du, mit deiner Besessenheit!", platzt Herr Vasilescu heraus), Bohneneintopf mit geräucherter Schweinshaxe, Anchovispaste, Pansensuppe („Gerade der hat noch gefehlt, der Pansen, der uns noch die Luft verpestet! Schau dich mal an, was du dir für einen Pansen angefressen hast!", giftet Amalia zurück), Mititei[15], Boefsalat[16], grüner Salat, Hummer und als ob das nicht raffiniert genug wäre, Spanferkel, mit Apfel im Maul. Ein Festmahl. Ihre Augen sind wie von Nebel verschleiert. Obwohl sie jedes Mal eine Tonne Essen wegwerfen, trübt die Sorge, dass es nicht ausreichen könnte, ihre Sinne.

„Ach komm! Falls es nicht genug sein sollte, machen wir das mit Bier, Wein und Schnaps wieder wett …"

„Bei diesen Gästen willst du solchen bäuerlichen Fusel servieren?"

Herr Vasilescu grinst selbstgefällig.

„Was ist mit dem Martell VSOP? Oder der Veuve Clicquot? Oder dem 25-jährigen Chivas? Ach, Weib, was verstehst du schon davon?"

Amalia versteht sehr wohl. Aber sie hat kein Ohr mehr für ihn. Am Eingang hört man trampelnde Schritte. Die Berühmtheiten sind angekommen. Die beiden Eheleute Vasilescu kennen die Gäste nicht und haben kein Auge für ihre schäbige Kleidung und die vertrockneten Blumen, die sie mitgebracht haben. Schriftsteller aus Bukarest sind sie, Menschen, die die Kultur des Landes verschönern – und das löst ein zunehmendes Glücksgefühl aus. Und gleichzeitig Be-

---

[15] Rumänische Cevapcici.

[16] Rindfleischsalat mit Gemüse und Mayonnaise, rumänisches Festtagsgericht.

fürchtungen. Das erstaunte Schlucken, die schmachtenden Augen, die gierigen Finger sind der Gipfel der Anerkennung. Nur dass … Nur dass … „Wo bleibt der Maestro?" Der Maestro ist der großartige Maler, der Leuchtturm unserer Kultur und unseres Glaubens. Nun, der Maestro verspätet sich ein wenig. Herr Vasilescu nutzt die Gelegenheit, ruft die Kapelle, die beste Kapelle in der ganzen Gegend, und gibt den Musikern klare Anweisungen: „Nicht, dass euch der Teufel dazu verleitet, Manele zu spielen, sonst seht ihr keinen Pfennig!"

Das Fest beginnt wie geplant. Niemand ist unzufrieden. Die erste Viertelstunde ist bereits vergangen, jedoch tendieren die Gespräche über Kunst gegen Null, nur die Backen bewegen sich rhythmisch. Die Knoblauchsülze hat Riesenerfolg, die Haxe schmilzt geradezu dahin, zusammen mit den fastenkonformen Bohnen. Aus ihrem Mund kommen kein einziger Vers und kein weiser Spruch. Die Anstandsfragen der Gastgeber werden eher einsilbig beantwortet. Und in dem Augenblick ereignet sich das Wunder. Aus einem schäbigen Jeep steigt das Genie aus, in einen blauen Schal gewickelt. Weißer Bart, Speckgürtel mit Stil. Er betritt das Haus mit einem aufgesetzten strengen Blick. Die einzigen, die sich vor lauter Demut in die Hose machen, sind die beiden Vasilescus. Die anderen bekunden empörende Respektlosigkeit.

Der Maestro verzieht das Gesicht: „Großer Gott, während der Fastenzeit? Wie ist denn so etwas möglich?" Entsetzt fasst er sich an die Stirn und wendet sich mit Abscheu ab. „Habt ihr ein ruhiges Zimmer? Ihr macht mich wahnsinnig, ihr widert mich an!" Die Vasilescus zittern vor Ehrfurcht und lassen mit sich alles machen, wie ein Fußabtreter. Sie haben hinten, am anderen Ende des Anwesens ein Zimmer für Gäste ersten Ranges. Der Maestro observiert sie mit Nachsicht. „Gut." Dann ordert er mit Bass-Stimme: „Schickt das Ferkelchen her. Ebenfalls das Weinchen. Und ach, die Kapelle auch noch. Aber bitte diskret, ganz diskret …"

Befehle diskutiert man nicht. Die Hälfte des Ferkelchens verlässt unter den starren Blicken des niedrigen Volkes den Tisch, der feinste Wein schwenkt in der Flasche, die Musikanten schweigen und reihen sich hinten auf. Am Zimmer des Maestros angekommen, hören sie ihn telefonieren: „Eure Heiligkeit, geben Sie mir die Absolution für Spanferkelchen, ich halte es nicht mehr aus. Das ist zu viel für mich. Ich weiß, ich weiß, aber geben Sie mir eine Buße, Vater … So werde ich es tun! Ich küsse Eure Rechte, Vater!"

„Kommt herein, Jungs!"

ILIE GEORGESCU – DER ZUSCHAUER

Durch die Transparenz des Fensters bewundert Herr Ilie Georgescu sowohl die Landschaft als auch sich selbst. Er weiß gar nicht, was ihn mehr interessiert. Um ehrlich zu sein, würde er zum frisch rasierten Gesicht die verspiegelte Sonnenbrille und zum blauen, frisch appretierten Hemd tendieren. Die herausgeputzten, gut erhaltenen 65 Jahre stehen in Kontrast zu dem schäbigen Fahrzeug und den heruntergekommenen Hochhäusern, zwischen denen die Straßenbahn schaukelnd hindurchfährt. Herr Ilie Georgescu weiß Bescheid, bereits aus seiner Jugend, dass diese Welt nicht die seine ist und ihn nicht verdient. Deswegen hatte er beschlossen, sobald er mit der Schule fertig war, ein Zuschauer zu sein. Ein vielseitiger, anteilnahmsloser, undurchdringlicher. Fußballspiele schaut er sich angewidert an. Fußball verdient ihn einfach nicht, alles ist so berechenbar, weil alles so unecht ist. Ins Kino geht er immer mit einem karierten Notizbuch ausgerüstet. Er notiert seelenruhig jeden Blödsinn, die Unstimmigkeiten und die Filmfehler.

In Gesprächen äußert er sich nicht und macht auch sonst seinen Mund nicht auf. Die Sprüche der Menschen um ihn sind ihm im negativen Sinne bekannt. Einmal wollte er eine Abhandlung zum Thema Liebe schreiben. Allerdings fürchtete er sich vor den angesagten Philosophen (von denen grundlos behauptet wird, die schlausten Menschen der Welt zu sein). Welchen Unsinn sie von sich geben konnten! Er konnte bloß „Liebe ist dann, wenn …" schreiben und hörte auch gleich auf. Von seiner Position als höchster Zuschauer war das Spektakel des Lebens eine ordinäre Darbietung. Der Aufwand lohnte sich nicht. Was, wenn er die Welt geführt hätte … Aber dafür hat Ilie Georgescu keine Zeit. Somit gibt er sich damit zufrieden, sein Ebenbild voller Bewunderung im Fenster der Straßenbahn zu betrachten.

Im Augenwinkel nimmt er wahr, wie zwei lange Kerle eine Frau aufgeregt bedrängen. Sie verteidigt ihren Besitz und möchte nicht so tun, als wäre sie gleichgültig oder ahnungslos. Ihre Tasche hält sie auf dem linken Arm, während die dazugehörige Hand an der Brust zusammengepresst ist. In der rechten Hand hält sie ihre Geldbörse wie in einer Kralle. Den beiden ist das egal. Sie haben sie bereits umringt und vom Rest der Mitfahrenden abgesondert. Keiner hebt seinen Kopf. Die Frau versucht sich zu wehren, sie schreit sogar. „Halt's Maul, du! Fick dich! Glaubst du, du bist cool?" Der stämmigere Lulatsch greift ihre rechte Hand und dreht sie hinter ihren Rücken. Der andere zieht an der Tasche und an der gelben Bluse, die sich immer mehr spannt. „Hilfe! Hilfe! Polizei!"

Ilie lächelt herablassend. Wo soll die Polizei in der Straßenbahn herkommen? Meine Güte, wie dumm sie wohl ist. Der Harschere hat die Geldbörse genommen und der Dicke die Tasche. Klappe zu, Affe tot. Sie verpissen sich. Die Türen gehen auf, die Gauner steigen aus, verfolgt von dem Fluchen der Frau. Keiner sagt ein Wort. Diejenigen, die aussteigen wollten, steigen nicht mehr aus und diejenigen, die einsteigen wollten, bleiben stehen. Während die Türen zugehen, rotzen beide Kerle auf die Fensterscheiben der Straßenbahn. Für die Dummen kann man nur Abscheu empfinden.

Die Frau fleht die Menge um Gerechtigkeit an und erntet nur empörtes Murmeln: „Die Penner, Dreckskerle, Zigeuner, haben sie Ihnen viel gestohlen? Wir sind die Dummen, weil wir nicht protestieren, ich würde sie glatt erschießen!" Ilie Georgescu blickt herablassend zu Ihnen. Was für Feiglinge!

DER RUF

Virgil Popescu hat die Rente angetreten. Der Übergang lief sanft ab. Die Arbeit hat ihn nie besonders angestrengt. Er besitzt eine Wohnung, hat eine ruhige Frau und ein Blumenbeet unten vor dem Hochhaus. Alles läuft gut, bis auf eine leichte Traurigkeit. Ab und zu verspürt er das Bedürfnis sich zu beeilen oder auf die Uhr zu schauen. Ein bisschen nervig ist das schon, einfach so durch die Stadt spazieren zu gehen, ohne ein bestimmtes Ziel zu haben. Als er dachte, dass es keinen Sinn mehr macht, blickte er zurück auf seinen guten Kumpel, Costel. Costel starb als Erster im Sommer des Jahres 1974. „Das kann nicht sein", sagt sich Herr Popescu, aber die Silhouette vor ihm erinnert ihn in allen Einzelheiten an Costel. Die Größe, den Sommermantel, das leicht chaotische Gehen und den haarlosen Fleck neben dem linken Ohr. Er beeilte sich, aber der junge Kerl vor ihm war flink. Er holte ihn ein, packte ihn am Ellenbogen und spürt eine leichte elektrische Spannung. Als dieser Costel seinen Kopf drehte, platzte die Illusion. Es war ein Unbekannter.

Herr Popescu blieb verwirrt auf der Stelle stehen. Sein Empfinden war intensiv und lebendig und hat ihn geprägt. Seit dem Tag war er viel aufmerksamer und nahm seine Umgebung deutlicher wahr. Das Hirngespinst tritt erneut in Erscheinung. Diesmal sah er seine Mutter im O-Bus. Er erkannte ihr Hütchen mit der lila Blume und ihren Mantel aus Kamelhaaren. Er erkannte den Ring an ihrem Finger, mit dem er sie begraben hatte. Er verschaffte sich Platz in der Menge. Zu spät. Als er vorne ankam, war die Frau schon ausgestiegen. Im Vorbeilaufen konnte er ihr Adlergesicht sehen. Das war nicht seine Mutter. Augenblicklich merkte er, was für ein Schwachsinn ihm durch den Kopf ging. Wie hätte sie es sein sollen? Heute sah er seine große Liebe. Diejenige, für die er bereit war, Haus, Stellung und Freunde hinter sich zu lassen, um mit ihr die Welt zu bereisen. Wie das nun selbstverständlich ist, sah er auch sie von hinten. Ihre weißen, langen Haare flossen über die Schulter. Sie trug die Stiefel mit niedrigem Absatz, die er ihr vor dreißig Jahren geschenkt hatte. Er erkannte ihren Gang wieder. Er erkannte den Gürtel und den grauen Mantel, den Kragen unter den Haaren versteckt. Er eilte aber nicht mehr. An einem gewissen Punkt lief ihm der vor einem Jahr verstorbene Onkel Vasile über den Weg, an einer E-Zigarette ziehend. Teodora, das dicke Kindermädchen, groß wie ein Wal, schubste ihn.

Zwischen dem Mädchen mit den weißen Haaren und Herrn Popescu versammelten sich wie auf einer Parade alle toten Bekannten, ältere und jüngere. Der Versorgungsingenieur Dumitru, Tante mütterlicherseits Matilda, der ehemalige Kindergartenkollege, der von der Straßenbahn überfahren wurde. Dieser hatte zumindest auf dem Rücken die Spuren der Gleise und der Räder. Der Arzt Ioanid, den er königlich bezahlt hatte und der das Geld nicht mehr versaufen konnte, weil er an einem Herzinfarkt starb. Der Rumänischlehrer, dieser Idiot, sieh mal einer an, ein wahrhaftiger Idiot, selbst jetzt im vollen Winter läuft er immer noch mit der dünnen abgetragenen Regenjacke rum.

Sie alle versuchten, ihm ein Bein zu stellen. Nur dass Herr Popescu sich nichts sagen lassen wollte. Er näherte sich langsam, vorsichtig der weißhaarigen Frau, ohne sie stören zu wollen. Schließlich betrat sie die Unterführung zur U-Bahn und er folgte ihr. Die Frau stand mit dem Gesicht zum Gleis und bückte sich nach vorn, so wie sie es auch früher getan hatte. Sie bückt sich erschreckend tief. Und die U-Bahn fuhr gerade ein.

„Miruna!", schrie Herr Popescu.

Die Frau drehte den Kopf:

„Was gibts, Virgil?"

WENN DER KRAGEN PLATZT

Er verliert die Kontrolle über alles. Die Hände und die Beine sind nicht mehr die seinen. Die Treppe ist höher als der Turm von Babel. Die Augen richten sich zum Himmel und er leidet unter einem überwältigenden Drehschwindel. Die Beine stoßen sich an der Treppe. Die Hände halten sich fest, geben aber nach und sein Gesicht tritt in Kontakt mit dem kalten Steinboden. Das Licht dreht sich wie ein Windrad. Die Trunkenheit ist eine erbarmungslose Angelegenheit, wenn man mitbekommt, dass man betrunken ist. Warum ist er aber betrunken? Warum schon wieder? Was war der Knackpunkt? In seinem Gedächtnis tobt ein Wirbelwind. In der absurden Fröhlichkeit der Mitternacht wiegt Fane seine Geldbörse ab. Sie ist leer. Wo ist das Geld geblieben? Also, erstens drei Bier wegen Puius' Vorfall. Puiu hat eine ältere Amerikanerin abgeschleppt und sie flachgelegt. Hinterher ist er äußerst genervt in die Kneipe gekommen. Die Lady war so anspruchsvoll, dass er fast nichts hinbekommen hat. Eine Flasche Whisky hat er gebraucht, um fertig zu werden. Puiu schlug mit der Hand gegen den Tisch, unzufrieden mit seinem Versagen. Also tranken alle auf die üble Lust. Allerdings reichte das nicht, damit sie sich freuen konnten. Also machten sie ein paar Weinflaschen auf, als Didi das Wort ergriff. Didi ist ein imposanter, furchtloser Mann. Nur dass er jetzt erschrocken war und nicht mehr zu sich fand. Er hatte die Emissärin des Todes gesehen.

„Und? Wie war sie denn? Hatte sie eine Sense dabei?"

„Nicht doch! Sie war halb nackt, fürchterlich mager und blass. Sie schaute mir direkt in die Augen."

Alle bekamen Schüttelfrost. Für Betrunkene ist der Tod ein verbotenes Terrain. Alles, bloß der Tod nicht. Didi hatte sie einen Abend zuvor gesehen, im Atelier. Keiner fragte mehr, warum er die Emissärin nicht in die Kiste eingeladen hatte. Jedenfalls hatte sie die Sense direkt neben der Flasche abgelegt.

„Neben dieser?"

„Genau neben dieser, Leute!"

Sie tranken still und stumm aus Angst vor dem Tod.

In der Zwischenzeit schafft Fane noch eine Etage, obwohl sich das Treppenhaus in seinem Kopf dreht. Lang ist der Weg nach Hause.

Dann traf das Unvermeidbare ein. Sie switchten auf Wodka um. Fane weigerte sich erst. „Nein, nein, nein. Was wird meine Ehefrau wohl sagen?"

Die an den Glasrand gesteckte Zitrone konnte ihn allerdings überzeugen. Aber wie, wie war das nur möglich gewesen? Die Schuld trug Sandu, der gerade vom Meer zurückgekehrt war. Während die Kellnerin Hauswodka eingoss, ersetzte Sandu ihn mit Grey Goose. Der Geschmack war furchtbar gut und die Gläser unzählig. Während der Schifffahrt war Sandus Schiff gekentert. Die Hälfte der Passagiere war ertrunken. Und er paddelte auf einer Wodkakiste. Sie hatten sich gegenseitig gerettet. Also goss er im Überfluss ein, zu Ehren des Überlebens. Die Kumpel tranken, bis es nicht mehr ging.

Noch eine Etage. Die Schritte sprechen eine inkohärente Sprache. In Fanes Gehirn schwankt und vermischt sich alles. Er sieht eine alte Frau schwebend auf einer Truhe. Durch den Nebel sieht er die Frau mit der Sense, die sich beim Pokern selbst befriedigt. Als wenn das nicht reichen würde, erblickt er eine splitternackte Kellnerin, haarlos wie eine Handfläche, die ihm einen riesigen Bierkrug reicht. Das Bier lächelt ihn verführrerisch an.

„Seit wann darf man aber denn Alkohol von zu Hause mitbringen?"

„Du Esel, du bist schon wieder betrunken wie ein Schwein! Woher kommst du? Wie viel hast du getrunken? Hast du dir in die Hose gemacht? Ich hoffe, du hast dir nicht auch in die Hose geschissen! Ins Bett mit dir! Zieh deine Schuhe aus, deine Hose … lass die Unterhose an, lass sie an! Du bist eh zu nichts mehr fähig. Zu nichts, hörst du? Lass deinen Schwanz in Ruhe, quäl ihn nicht mehr. Schlaf, verdammt nochmal! Ah, bitteres Leben!"

DER FEIND SCHLÄFT NICHT

Nein, verdammt, nein, er schläft nicht. Der Feind feiert ununterbrochen, jauchzt, surrt, brüllt, schimpft. Direkt unter Antons Fenster. Antons Fenster mit Doppelverglasung. Das garantierte eine undurchdringliche Schutzwand zwischen ihm und der erbärmlichen, vulgären Welt. Nun sieh aber einer: Sie ist doch nicht undurchdringlich. Die Feinde, die vorübergehenden Liebschaften, die Familie und das unzählige Geld des Nachbarn bewältigen die Hindernisse und umzingeln ihn. Anton wird von Tollwut befallen. Er greift zum Telefon und ruft bei der Polizei an. Er beschreibt alle Einzelheiten. Er hebt die wesentlichen Bestandteile des Delikts hervor und verlangt im Namen der Öffentlichkeit Gerechtigkeit. Am anderen Ende blickt der diensthabende Polizist gelangweilt und grantig auf die Uhr. Es ist Samstag und noch keine 11 Uhr. Also nix da. Und legt auf.

Für einige Augenblicke geht Anton ein arroganter Apoplexie-Anfang durch den Kopf. Seine Schläfen pochen, sein Herz schlägt bis in den Hals und mit verschwommenem Blick nimmt er Wellen eines gluckernden Rots wahr. Er flüchtet in die Küche und dreht Radio România Muzical auf maximale Lautstärke. Es läuft Trauermusik von Brahms, im völligen Einklang mit seinen innigsten Empfindungen. Dabei stellt er sich bildlich vor, wie er dem beleibten Nachbarn den Hals umdreht, die Kinder ersticht und die Mutter vergewaltigt. Dies tut er einige Sekunden mit perversen Pausen, passend zum Klang der Musik. Sein kleines Radiogerät aber kann nicht mithalten. Sobald das Orchester eine bedeutende Pause einlegt, dröhnen ihm die feindliche Zimbel, das Keyboard und der Kontrabass mit verzerrter, scheppernder Stärke entgegen. Und unterbrechen den Genuss des Herren.

Mit einer Zigarette im Mundwinkel krempelt er seine Ärmel hoch und geht runter auf die Straße. Von verrücktem

Mut und höchster Unwissenheit erfüllt, klopft er mit der Faust an die Pforte. Sie geht auf. Auf der Schwelle steht der ungehobelte Dickbäuchige, der Herr des Hofes und der restlichen Baracken.

„Mein lieber Nachbar", fängt Anton mit zaghafter Stimme an, plötzlich ungünstig unentschlossen, „Sie feiern und ich …"

Das Gesicht des Mannes erhellt sich, seine Augen werden groß und die Wörter brechen aus ihm heraus:

„Ey, Nachbar! Willkommen, alles fit, Mann? Komm rein, komm rein, Leute, der Herr Lehrer ist gekommen! Alter, bring mal schnell den Sessel, Aurica, mach Platz, du Ziege, wir haben Gäste! Was kann ich anbieten, Herr Leeeeh …"

„Also, nein … Ich bin gekommen, weil … Die Musik ist ein wenig …"

„Jungs, still! Und jetzt möchte ich eins für den Herrn Lehrer hören, für sein großes, blaues Herz."

Anton hat im Nu ein Bierglas mit Wein in der Hand und der Feind feuert ihn an, es auf Ex zu trinken. Zwanzig Paar Augen checken ihn von Kopf bis Fuß. Er ist dürr und trägt Brille. Sicherlich bekommt er nicht allzu viel zu essen, der Arme.

„Aculina, komm, Kleines, und küss die Hand des Herrn Lehrer."

Anton versucht, sich zu wehren, führt die Hand hinter den Rücken, genau in dem Moment, in dem vor ihm Sarmale[17], Speckschwarte, Geräuchertes, Steviaborsch[18], Pute und Hecht aufblühen.

„Ruhe! Der Herr Lehrer isst gerade. Jetzt seid alle mucksmäuschenstill!"

Gegen Morgen schleppt sich Anton auf allen Vieren in Richtung Bad, wo sich das Waschbecken, die Dusche, das

---

[17] Traditionelles Gericht, mit Hackfleisch gefüllte Kohlrouladen.

[18] Salatsuppe aus Ampferblättern.

Schränkchen und die Glühbirne vor ihm verstecken und ihn auffordern, nochmal rückwärts zu essen. Obwohl der Feind nie schläft, beginnt er nach weiteren fünf Minuten erschöpft zu schnarchen, mit dem Kopf auf dem Klodeckel.

MELU

Melu war überhaupt nicht von Bedeutung in der Klassenge-
sellschaft. Mittelmäßiger Schüler, ein kleiner Mensch ohne
Eigenschaften, der es bis zum Alter von 16 Jahren nicht geschafft hatte, auch nur ein einziges Mädchenherz zum Rasen
zu bringen. Weder beim Fußball noch beim Handball oder
beim Basketball auf dem Schulhof tat er sich hervor. Wenn
man die Lehrer gefragt hätte, die Hälfte hätte sich nicht an
Melu erinnert. Der Klassenlehrer hatte große Schwierigkei-
ten damit, seinen kompletten Namen auszusprechen. Nach
Jahren wusste keiner der ehemaligen Mitschüler mehr etwas
über den zurückhaltenden, blassen, mickrigen jungen Mann.
Er wäre lieber im Erdboden versunken, als dass jemand sah,
wie er rot wurde. Deswegen frequentierte er auch keine Partys, Schulfeiern oder sonstige außerschulische Aktivitäten.
Nach kurzer Zeit war er komplett verschwunden. Und niemand hatte die Eltern, eine Tante oder einen Onkel zur Schule kommen sehen. Wie ich euch bereits sagte, es war so, als ob
er nie existiert hätte.

Dementsprechend hätte auch unsere Geschichte über Melu
weder anfangen noch enden können.

Trotz allem aber war Melu ein Mensch. Er hatte sein be-
scheidenes, geheimes Leben, das niemand kannte. Melu liebte das Geschäft Bucureşti. Er liebte es über alles. Kleinkram,
Bettwäsche, Schwarz-weiß-Fernseher, Hemden, Vorhänge.
Alles faszinierte ihn. Hier im Geschäft kannten ihn alle Verkäuferinnen und die Hälfte der Kundschaft. Deswegen ist klar,
warum er an diesem fatalen Tag keinem besonders auffiel. Er
war auf einem Bett eingeschlafen. Nur für eine Sekunde hatte
er die Augen zugemacht und als er sie öffnete, war es schon
Mitternacht. Er erschrak nicht. Das allererste Mal zuckte seine verängstigte Seele nicht vor Furcht zusammen. Ganz im
Gegenteil. Umgeben von einer Stille, die so undurchdringlich

war wie ein Militärzelt, wurde Melu unter dem spektralen Licht neugierig. Er ging im Geschäft hin und her, guckte unter den Tresen, zog die Schuhe an, streifte sich die Kleidung über … In der Elektro-Abteilung machte er alle Fernseher an, blieb davor stehen und schaute sich mehr als eine halbe Stunde lang die schwarz-weißen Pixel an. Danach wickelte er die Angelschnüre, die Maßrollen und die Teppiche auf. Schließlich kam er in die Unterwäsche-Abteilung. Die Mannequins sah er zum ersten Mal. In dem schummrigen Licht schienen sie lebendiger und wahrlich anziehend. Außer ihm war da keine Menschenseele, die ihn mit Blicken festnageln oder mit dem Finger auf ihn zeigen könnte. Somit wurde Melu mutig. Er legte seine Hand direkt auf die glänzende Hüfte, genau da, wo die Unterhose in dem Plastikschlitz eingeklemmt war. Die Berührung war warm und das Mannequin erschauderte. Das Gesicht des Plastikmädchens drehte sich ungelenk um und sagte mit menschlicher Stimme:

„Mir ist kalt."

Mit den Wörtern strahlte sie dampfende Wärme aus. Dann nahm sie ihn an die Hand. Die anderen Mannequins nickten zustimmend. Melu hielt das für normal. Die Plastikhand berührt seine Muskeln, seine Haut, sein Fleisch. Die Frau zog sich sorgfältig Importkleidung an. Danach zog sie den PVC-Boden hoch und deckte eine Luke auf. Sie öffnete sie ohne große Mühe. Dahinter war es stockdunkel. Melu ging furchtlos voran. Er wusste, wohin er für immer gehen würde. Die Puppe lächelte, wie nur Mannequins es können. „Warum kommst du so leicht gekleidet? Da, wo wir hingehen, ist es sehr kalt. Zieh dich gut an! Guck mal bei den Mänteln und Schals! Unbedingt auch noch Stiefel. Nur keine Eile, wir warten auf dich."

Nachts passiert Seltsames. Nur nachts. Der eigene Körper, alle Gliedmaßen, alle Organe führen ihr eigenes Leben und hören nicht mehr auf dich. Sie lösen sich der Reihe nach ab und gehen ihren eigenen Weg. Die Nacht ist übel. Die Worte seiner Mutter *Guter Rat kommt über die Nacht* machen ihm Angst. Was für ein Rat? Und warum kann der Vater diesen guten Rat nicht geben? Dieses Mal wird er aber mit Weisheit handeln. Er wird sich die Zähne kräftig putzen. Die Augen auch. Er wird sich lange im Spiegel anschauen und tief einatmen. Und er wird vermeiden, Wasser zu trinken. Wassertrinken vor dem Schlafengehen ist wie die Pest. Davon kommt das Böse, von dem Wasser, das im Bäuchlein gluckert. Dann spürt er tatsächlich, wie das Wasser zu schaukeln und zu blubbern beginnt, und ... Wie der Pfarrer sagt: *Wenn du nicht hörst, bist du nicht demütig. Du betest nicht inbrünstig genug. Du willst es nicht, das ist es. Die Versuchung lullt dich ein.* Die Mutter meint das auch und ärgert sich dabei. Sie sagt zu ihm: *Du bist das Letzte. Ich kann mich nicht auf dich verlassen.* Er wird aber inbrünstig zum lieben Gott beten, damit er der Versuchung standhält. Und er wird beten, heute mehr als gestern. Führe ihn nicht in Versuchung! Und er wird ihn nicht führen. Heute, in diesem Moment ist er sich sicher, dass er standhaft sein wird. Er kuschelt sich unter das Deckchen, zieht es heldenhaft bis an den Hals. Kaum hatte ihm das Sandmännchen Körnchen in die Augen gestreut, dass er wie von der Tarantel gestochen aufspringt, um noch einen Gang zur Toilette zu machen. Er gibt ein zierliches, aber erlösendes Pipi von sich.

Diese Nacht werden die Träume brav und rein sein. Es gibt in dieser Welt so viele Träume, die uns nichts anhaben können. Gute, weiße, geschmeidige Träume, ohne jegliche Unruhen. Warum sollten gerade ihm nur die bösen gegeben werden? Aber siehe da, direkt vor ihm erscheint die Versuchung in voller Pracht, leuchtend und keusch. Denn er ist eingeschlafen und die Angst, die Scham und der Zweifel sind verpufft. Sie ist wie ein wogendes Bäumchen, dessen raschelndes Grün berauscht. Er weiß, woher das Böse kommt: von dem einen, der um den Baum gewickelt und nie schläft. Doch die Versuchung streckt ihm ein Ästchen entgegen, nimmt ihn an die Hand und trägt ihn mit Windgeschwindigkeit über die Wiesen. Die Blätter haben Augen, das Bäumchen hat zarte Haut und die Versuchung gleitet über Berge und Täler, dann über Meere von geschmolzenem Blei. Ein kalter Schauder überkommt ihn, er würde inbrünstig beten, aber ihre Berührung tut ihm so gut. Die Versuchung ist gütig, viel gütiger als die Mutter. Oder als der Vater?

Als sie stehen bleiben, ist es genau wie im Paradies. Ein alter Mann, wie der Großvater aus einem Bilderbuch, gibt ihm ein schelmisches Zeichen. Sein Bart reicht bis an den Boden und seine Nase ist rot angemalt. Er weiß, er hat ihn schon mal irgendwo gesehen, aber er erinnert sich nicht wo. Macht nichts, er wird ihn bei seiner Rückkehr nachschauen. Ob er wohl seine Nase berühren könnte? Ja, das könnte er, sagt ihm die Versuchung und streichelt ihm über den Kopf. Was für eine kalte Nase!

Da ist aber auch eine Nonne mit einer Wollschürze, die seinen Kopf auf ihren Schoß nimmt und ihre Hände an seine Schläfe legt. Ein Pferd, das wie eine Lokomotive am Bahnhof pfeift, leckt über sein Gesicht. *Wir gehen, los beeil dich!* Doch warte, nach so einer langen Reise wäre ein Nickerchen ganz gut. Er zuckt besorgt zusammen. Es wäre schade, die feine Landschaft zu verschmutzen. Er errötet und fragt fast flüsternd, wo die Toilette ist. Die Alten lachen. Sie drehen ihre Arme und ihre Köpfe und zeigen rund um sich herum. „Schau dich um, Junge, wir sind mitten in der Natur", sagt die Versuchung. *Naturalia non sunt turpia.* Wie bitte? *Ntr ... la ... nons ... untrup?* Der Junge versteht gar nichts, grinst aber glücklich. Die Toilette ist überall. Hier ärgert sich niemand und keiner wird ihn schlagen, wenn er Pipi macht. Also …

FINALE ATTRAKTION

„Gnädige Frau, wenn Sie nur wüssten ... die Wissenschaft bleibt nicht stehen, sie müssen es unbedingt wissen, wir müssen es wissen, wir alle. Wir müssen verstehen, uns informieren und mit der Zeit Schritt halten. Sie bleibt ja nicht stehen, sondern schreitet andauernd voran ... "

Der Herr schlürft langsam und bedacht sein Ciucaş Bier und blickt dabei mit vagem Interesse zu der gut gebauten Verkäuferin die nun Kellnerin an dem Bier- und Pufuleţi[19]-Kiosk im Cişmigiu-Park[20] spielt. Dann dreht er sich zu seiner Gesprächspartnerin:

„Ich habe vor kurzem erfahren, aus äußerst sicheren und vertrauenswürdigen Quellen, dass die amerikanischen Wissenschaftler im menschlichen Körper mysteriöse Substanzen entdeckt haben. Das lustige an der Sache ist, dass diese nichts Neues sind, sondern so alt wie die Erde selbst: die Pheromone, gnädige Frau!"

Die Frau macht große Augen, putzt ihre Brille, richtet ihren Pony auf, dann schlürft sie aus dem Glas mit stillem *Izvorul Minunilor*[21]-Wasser. „Ja", seufzt sie innerlich, „es ist ziemlich heiß geworden". Auf dem Glasrand bleiben Lippenabdrücke in leuchtendem Zyklam.

„Unser Körper ist wie eine Fabrik. Wenn wir essen, schütten wir Substanzen aus ... "

„Ja, das weiß ich wohl, die Verdauungssäfte", sagt die erheiterte Frau.

„Ach, nein, viel, viel kleiner, sehr viel, wie soll ich Ihnen das erklären, durchsichtige. Ja, genau, sie sind durchsichtig,

---

[19] Maisflips, das Wort hat sich mittlerweile auch in Deutschland durchgesetzt.

[20] Der größte und älteste öffentliche Park im Zentrum von Bukarest (Rumänien) mit einer Fläche von 17 Hektar.

[21] Eine weit verbreitete Mineralwassersorte. Wörtlich übersetzt: Wunderquelle.

aber sie existieren und bestimmen unser Leben. War Ihnen bewusst, gnädige Frau, dass diese Substanzen zwischen Mann und Frau intervenieren? Verstehen Sie mich?"

„Nein."

„Wie soll ich Ihnen das erklären, gnädige Frau, damit Sie mich besser verstehen? Waren Sie schon einmal in einem Stadion?"

Die Frau errötet und antwortet nicht. Sie nicht, aber ... Costel, der Verrückte, wie leidenschaftlich er immer nach einem Fußballspiel war! Ach, wie die Zeit vergangen ist! Die Frau deutet mit einem Zeichen ein Nein an. Der Herr kommt in Fahrt.

„Nun gut, stellen Sie sich Tausende von Menschen auf den Tribünen vor. Die Hymne wird gesungen. Alle stehen. Sie grüßen die Fahne. Ich hoffe, sie verstehen die anfängliche Erregung. In dem Moment fangen die Substanzen an, durch den Körper zu fließen. Der Schiedsrichter pfeift. Alle stehen einträchtig. Alle von dem gleichen Gefühl animiert. Das Spiel beginnt. Die Substanzen werden vom Blut durch den ganzen Körper getragen. Das erste Foul. Plötzlich spaltet sich die Menge. Manche pfeifen, die andere pfeifen auch, aber Vorsicht, gnädige Frau, die beiden Seiten haben unterschiedliche Motive. Verstehen Sie?"

Die Frau nickt leicht, nicht allzu sehr überzeugt.

„Zur Halbzeit gibt es schon zwei Seiten, die bereit sind, sich gegenseitig zu zerfleischen, zu verprügeln. Das ist wie im Leben. In diesem Augenblick haben die Pheromone sämtliche grauen Zellen unterdrückt. Die Menschen denken nicht mehr. Sie fühlen bloß, so wie die Pheromone wollen. Jeder mit seinem eigenen Pheromon. Nun gut, gnädige Frau, am Ende der Partie raufen, schlagen, kratzen, beißen sie sich und nehmen sich in die Arme. Alles ohne jeglichen Grund, wegen dieser unsichtbaren jedoch sehr kleinen Substanzen. Genauso, sie verstehen mich, genauso ist es zwischen Mann und, hmmm, Frau. Ohne irgendeine Erklärung. Die Mysterien der Natur enthüllt. Holla, die Waldfee!"

Beide schweigen nachdenklich. Die Frau schaut ins Glas. Es ist leer. Sie wischt mit einem zerknüllten Taschentuch die Lippenstiftspur ab. Dann steht sie behäbig auf und schreitet in Richtung des dicken Baumes in der Mitte:

„Komm jetzt, Mihăiţă, komm schon, Mama wartet auf uns!"

Der Herr schweigt nachdenklich. Genau genommen rechnet er gerade aus, ob er noch Geld für ein Bier hat oder nicht. Er hat es nicht. Also schweigt er nachdenklich, so wie ich bereits erwähnte. Er und seine Pheromone.

DIE GÄSTE

Als er durch die Tür ging, wäre ihm fast die Tüte aus den Händen gefallen. Doch im tiefsten Inneren des Gehirns, falls es so etwas überhaupt gibt, schrie ein durstiger Zwerg: „Emil, verschütt' den Wodka nicht!" Seine Hand klammerte sich um den Hals der Karaffe und zitterte ängstlich. Gründe hätte er ausreichend gehabt, um die Karaffe fallen zu lassen. Das Haus proppenvoll mit himmlischen Frauen, deren Wimpern so groß wie Schmetterlinge waren, während sich athletische Männer in blauen und grauen Uniformen in dem engen Raum tummelten. Alle hielten inne, wie auf ein Zeichen und verbeugten sich vor ihm. Aus der vollgestunkenen Mini-Küche wehte ein herrliches Estragon-Aroma, vermischt mit Maggikraut und Ostropel[22]. Der Pfeffer und das Bohnenkraut waren zu einem durchsichtigen Kranz auf dem Kopf der Einzimmerwohnung geflochten. Die Frau, welche die Suppe rührte, machte ihm die aus der Kindheit bekannte Geste seiner Mutter: einen Kussmund mit zwei auf die geschmollten Lippen gepressten Fingern. Ein Koch mit weißer Kochmütze, pummelig und rot im Gesicht, wie in der Werbung, streichelte neben ihr den Backofen mit unendlicher Vorsicht. Dieser war traumhaft beleuchtet und wurde um einen Drehspieß reicher, der eine Schafbockkeule um sich selbst drehte. Emil schluckte wie nie zuvor oder wie schon lange nicht mehr. Mit unendlicher Vorsicht pustete der Koch über den riesigen Löffel und gab ihm diesen zum Abschmecken. Allein vom Geruch lief ihm das Wasser im Mund zusammen.

Viel seltsamer war das Bett, neu bezogen, von Hügeln und Furchen befreit, umhüllt von einer blauen raschelnden Tagesdecke mit weiß gestärktem Spitzenrand. Sein Fuß versank in dem neuen Teppich … Der Teppich war wie ein altes Kal-

---

[22] Traditionelles rumänisches Gericht, Hähnchengulasch.

eidoskop mit bunten Glassteinchen, nur dass die Muster aus der rauen, seidigen Textur hervorgingen. Der vollgeräucherte Kronleuchter ohne Glühbirnen übertraf nun den Glanz des Sonnenuntergangs. Er bestand aus purem Gold und strahlenden Kristallen. Ein junges Mädchen in kurzer Uniform stellte sich auf Zehenspitzen, um den Staub abzuputzen, die Spinnen und ... ach du Schreck, die Reste seines Erbrochenen ...

Allerdings machte sie das nicht verlegen. Ganz im Gegenteil. Hinter dem Staubwedel blühte die Wand frisch auf. Er zögerte einen Moment. Was war geiler: die Wand oder das Mädchen mit dem Rock bis unter den Arsch? Gleich darauf hielt er es für unpassend, das Wort „Arsch" in Gedanken ausgesprochen zu haben. Geschickte Elektriker hatten die Steckdosen ausgetauscht und schlossen gerade einen Plasmafernseher an, so groß wie die Wand. Es war genau der Plasmafernseher, den er vorgestern im Schaufenster bei Domo gesehen hatte. Gütiger Himmel! Emil, immer fragil, war überwältigt. Ein bärtiger Architekt vermaß den Platz mit bloßen Händen, eigentlich mit den Fingern und notierte etwas auf einem total abgefahrenen Heft. Emil wusste gleich, dass der Typ Architekt war, genauso wie er auf der Stelle den alten Schulkameraden erkannte, in Person des schicken Bänkers, der auf einen Zettel mit eingelassenem Wasserzeichen schrieb. Er schaute über seine Schulter und sah eine berauschende Menge an Nullen mit einer Eins oder einer Sieben davor. Es gelang ihm nicht zu rechnen, denn die Nullen kamen in seinem Kopf klirrend durcheinander.

Ein weicher Arm umschlang ihn. „Es ist Zeit fürs Heia Butzi Bett!" Ein Mädchen, nein, doch nicht, eine Frau, doch nicht, die Frau selbst schleifte ihn ins Bett. Je weiter sie vorankamen, desto mehr Kleidung fiel von ihr ab – der Gürtel, das Kleid, die graue Strumpfhose, der Hochglanz-BH, die Spitzenunterhose. Titten, Pobacken, Nippel und Grübchen streckte sie vor seine Augen und in seinen Mund. Die Frau setzte ihn mit dem Arsch auf den Bettrand. (Mensch, ich werde es wohl nie lernen. Schon wieder habe ich „Arsch" gesagt!) Dann fing sie an, ihn vor allen auszuziehen. Die Gäste ließen alles um sich stehen und versammelten sich in einem Kreis, um ihn anzuglotzen. Emil, immer fragil, machte zwei Sachen gleichzeitig. Mit der Linken deckte er sein Organ zu, das voller Schüchternheit herumzappelte, und mit der Rechten kramte er seinen billigen Wodka heraus und wollte ihn sich in den Hals kippen. Er musste sich Mut antrinken.

Das Mädchen aber, doch nicht, die Frau, stoppte ihn mit Nachdruck. Ihre Brüste umschlangen seine Wangen und seine Nase. Dann nahm sie seine durchgeschwitzte, dreckige Hand und steckte sie zwischen ihre schönen, heißen, jungen Beine. Emil bekam einen Stromschlag und schlief blitzartig ein.

WEN MAN STERBEN LÄSST

Das Telefon klingelt. Herr Adam schaut auf die Uhr, reißt die Augen auf und buchstabiert in Gedanken mit winzigen Lettern den Namen des Anrufers. Milică, der Arme, er wird es wohl sein. Tatsächlich ist er es. Er seufzt resigniert. Adam ist neunundsiebzig Jahre alt und stolz darauf. Schließlich ist das etwas komplett anderes als die unglückbringende Achtzig. Das Leben ist noch schön und er lächelt der Zukunft entgegen. Er nimmt den Hörer mit gemäßigtem Vertrauen in das Schicksal ab.

„Adam, bist du es?", beginnt eine nasale Stimme, wie vom anderen Ende der Welt.

Adam nickt.

„Hör zu! Ein einziges Mal habe ich dich um etwas gebeten und du hast dich gedrückt. Ich habe dir gesagt, dass du meiner armen Frau Mia Bescheid geben sollst. Du kennst sie. Wie denn auch sonst, du Schelm! Vor vierzig Jahren hast du ihr ja den Hof gemacht. Meinst du, ich weiß nicht, dass sie dir gefallen hat? Das hast du Sterică, ähm …, am 16. September 1977 erzählt. Ihr wart in Katanga ein Bier trinken und du konntest es nicht übers Herz bringen, es zu lassen. Aber was ich sage ich da? Als ob du ein Herz hättest! Du hast keins. Das hat mir deine arme Mutter gesagt, das solltest du wissen. Du aber hattest keine Ahnung, was sie von dir denkt. Dich hat dieser Engel von Frau, der dir das Leben geschenkt hat, nie interessiert. Hast du etwa jemals Leben geschenkt? Du hast nur genommen, du Henker! Wenn wir keine Freunde gewesen wären, hätte ich dich zum Teufel nochmal vergessen und mich um mein eigenes Leben gekümmert. Es stimmt schon, was Mia gesagt hat, dass ich meine Top-Karriere mit dir vergeude. Gut, ich meine, du hast immerhin etwas davon gehabt hast: Du bist in Rente gegangen und mir war es egal, dass sie doppelt so hoch war wie meine. Verstehst du? Freundschaft ist nicht, so wie du sie dir vorstellst, nur Interesse und Intrige. Nein, mein Lieber, kannst du dich noch erinnern, wie du über Nacht aufgestiegen bist? Natürlich nicht! Wie sollst du das denn wissen? Wann ist für dich schon etwas von Bedeutung? Ich hatte für dich ein gutes Wort bei Stăvescu aus der Personalabteilung eingelegt. So konntest du deine ersten Schritte machen. Selbstverständlich bist du hinterher nicht mehr zu mir unten ins Büro gekommen. Der Herr hatte jetzt Freunde auf einer anderen Etage und fertig. Ich habe aber geschwiegen und dich verstanden. An deiner Stelle hätte auch ich sein können. Dann hätte ich dich wie einen wahren Freund groß eingeladen. Ach ja, jetzt erinnere ich mich auch noch, dass du bei der Physikklausur von mir abgeschrieben und eine bessere Note bekommen hast. Anstatt dass du dich vor der Klasse erhebst, um deutlich zu sagen: ‚Das ist nicht gerecht, Frau Lehrerin, ich habe von Milică abgeschrieben!', hast du einfach deine Show durchgezogen und geschwiegen. Ha, ha! Die Physiklehrerin hieß Galina Schwein. Wie kann man so heißen?

Was wollte ich eigentlich sagen? Ein einziges Mal habe ich dich gebeten, Mia, die Arme, zu unterstützen, weil sie nicht allein klarkommt. Zum Teufel nochmal, sie ist ab jetzt allein. Wie konnte so etwas passieren, dass gerade du nicht zu meiner Beerdigung kommst? Hammer, Freund! Ich möchte dich nicht mehr sehen! Ruf aber zumindest einmal Mia an, du Schuft, und rede ihr gut zu! Sterică hatte schon Recht, als er sagte: ‚Man, verlass dich nicht auf Adam, denn der lässt dich im scheiß Regen stehen.' So ist es auch gewesen. Fertig! An die Arbeit! Und sieh zu, dass du nicht mit ihr liebäugelst! Ich kann dich sehen!"

Adam bewahrt Fassung. Er steht aus dem Bett auf und setzt sich an den Tisch, nimmt das Telefon zwischen die Finger und geht die Kontaktliste durch. Bei der Nummer des Anrufers angelangt, sucht er die Auswahl „Info" und drückt auf „Löschen".

„Sind Sie sicher, dass sie diesen Kontakt löschen möchten?" „Ja, Milică, ich bin es". Dann zischt er durch die Zähne: „Du aber auch, Sterică, großer Schuft, du konntest es kaum erwarten, mich in die Pfanne zu hauen." Mit Sterică hat er aber schon lange Schluss gemacht. Ohohohoh! Schon sehr lange her, vor zehn Jahren beförderte der Krebs ihn ins Jenseits. Dann kehrt Adam zurück ins Bett, macht die Nachttischlampe aus und, bevor er einschläft, legt er die Strecke für morgen fest. Erst zum Gottesdienst, dann ein Besuch bei Mia. Die arme Mia. Sie ist dahin.

DAS NEST

Die Anwohner blühten auf, als sich für das Haus der alten, vor zwanzig Jahren verstorbenen Frau Penescu, ein Käufer fand. „Das Haus" war jetzt eine miserable Ruine, umringt von hohen Mauern, die mit Maschendraht verstärkt worden waren. „Anscheinend gibt es irgendwo einen Erben", sagten die Leute. Durch die Mauerrisse konnten wir trotzdem das heruntergekommene Gebäude sehen.

Herr David, der Makler, hatte niemandem etwas von dem Verkauf erzählt. Tante Eleonora meinte, dass der Makler sehr stolz auf sein Geschäft war und auf keinen Fall jemandem den Namen des Trottels verraten wollte. An der Ecke ließ der Bäcker Gherasim Luca, der künstlerische Neigungen und einen gewaltigen Leib aufwies, Flügel um die Angebote malen. Beflügelte Eier, gefiederte Schokolade, Adlerwurst.

Doch alles verlief anders als wir erwartet hatten. Zuerst kamen die Handwerker. In Grabesstille und mit vollkommener Ordentlichkeit rissen sie die Umzäunung und das Haus nieder. Die Anwohner mussten feststellen, dass alle Arbeiter weiße, festliche Kleidung und Handschuhe trugen. Außerdem wurden ihre Gesichter und ihr Schuhwerk überhaupt nicht dreckig. Sie sprachen mit niemandem und aßen auch nicht zu Mittag in Nea Costels kleiner Kneipe.

Das Mauerwerk zertrümmerten sie an einem einzigen Tag. Genauso mäuschenstill packten sie sorgfältig alles in Kisten. Nur das steinerne Dreieck über dem Hauseingang, wo die Großeltern der Frau Penescu gegen 1890 ihren Namen eingraviert hatten, schwebte weiterhin an seinem ursprünglichen Platz. Merkwürdigerweise blieb dieses Stück Mauer in der Luft hängen. Tanti Ghenea, die von den Kindern Vogelscheuche mit Rock genannt wurde, sagte allen Kunden der Bäckerei: „Das ist die Machenschaft des Teufels!" Und keiner beeilte sich, ihr zu widersprechen – bis auf Herr Gherasim Luca, der sie rausschmiss, weil sie seine Kunden verschreckte.

Der eigentliche Aufbau fing tatsächlich erst am nächsten Tag an. Um das mysteriöse Dreieck, aus dem sie die Gründernamen entfernten, bauten die gleichen fleckenlosen, stillen und fleißigen Arbeiter einen Kristallpalast. Mir kam es vor wie ein Kristall-, Saphir- oder Silberpalast Aber eigentlich war es kein Palast, sondern eine Art würfelartiges Glasgebäude, in dem das einzige opake Element dieses alte Stück Mauerwerk war. Am dritten Tag packten die Arbeiter alles zusammen und verschwanden, als ob es sie nie gegeben hätte. Erst dann kreuzte der Inhaber auf. Ein großer, hagerer Herr mit rundem Bart und einem Panamahut über die Stirn gezogen. Er legte seinen Arm um die Schulter eines kleinen, gekrümmten, in schwarz gekleideten Jungen. Vasilescu sah sie als Erster und meinte: „Er war richtig buckelig." Der Herr grüßte feierlich zur einen und zur anderen Seite. Popescu, der Mieter der Frau Polihron, meinte: „Der hat kein Auto. Was für eine fette Sch…!" (den Rest seiner Anmerkung füge ich nicht mehr hinzu, da alle wissen, dass Popescu ein loses Mundwerk besitzt und trotz seiner Arbeitsstelle beim Rathaus nichts und niemanden respektiert).

Der Herr und sein Sohn betraten das durchsichtige Haus. Ich konnte sehen, wie sie die Innentreppe hochstiegen, wie sie sich an einen durchsichtigen Tisch, auf durchsichtige Stühle setzten, wie sie tranken und aus durchsichtigen Schalen ein unsichtbares Essen aßen. Ab und zu schauten sie nach oben, danach streichelte der Mann das Haupt des Kindes und umarmte es. Nur ich konnte sehen, mit welcher Betrübnis er es fest an seine Brust zog. Ich verriet es aber niemandem, weil ich Angst hatte. Und dann, als der Abend kam, dämmerte das Licht in der Luft draußen, aber auch in dem durchsichtigen Haus. Nur das Dreieck der Familie Popescu war noch sichtbar. Drinnen wurde es schneller dunkel als draußen.

Nicht nötig, zu erwähnen, dass sie nicht einmal eine Kerze anzündeten.

So vergingen einige Tage. Der kleine, mickrige Bucklige kam ab und zu aus dem Haus heraus, doch niemand spielte mit ihm. Wer, Gott verzeih mir, würde mit solch einem Balg spielen? Der Herr aber kaufte beim Bäcker ein und schien an Gherasim Lucas künstlerischen Errungenschaften ziemlich interessiert zu sein. Eines Tages betrat er die Kneipe und trank einen schwarzen Kaffee. Die anderen meinten, in der Zeit hätte man nicht einmal die Fliegen in der Kneipe gehört. Meine Hand kann ich dafür jedoch nicht ins Feuer legen, weil wir Kinder da nicht hereindürfen.

Eines Tages dann – ich denke es war kein guter Tag – flogen alle Tauben von Opa Nicu gleichzeitig auf und ließen sich auf dem Glaspalast nieder. Ihre Hinterlassenschaften trübten seinen Glanz. Ein Augenblick der Panik. Alle Anwohner kamen heraus, mit der Hand an der Stirn die Sonne abschirmend. Große Aufregung. Jemand schrie nicht allzu laut von unten „Kusch, kusch!" Der Herr stieg zusammen mit seinem Sohn auf das dreckige Dach hinauf. Nun blickten sie zu dem über sie aufsteigenden Schwarm. Sie schauten zu uns und zuckten mit den Schultern. Der Herr umarmte seinen Sohn. Dann zog er ihm das schwarze Jäckchen aus, was ihn einige Mühe kostete. Als wir sahen, was mit dem Kind war, seufzten wir alle. Der Junge war nicht buckelig. Er breitete seine Flügel aus und flog los, nach oben, wie ein Pfeil. Der Herr fing an zu weinen. Von unten konnten wir beobachten, wie seine Schultern zitterten. Er hielt seine Augen bedeckt. Dann ging er über die durchsichtigen Treppen zurück ins Haus und zog die Falltür hinter sich zu. In dem Augenblick verfinsterte sich das Gebäude. Ein ziemlich bedrohlicher Würfel voller Dunkelheit stand vor uns, mitten am Tag. Wer in unsere Straße kommt, kann ihn heute noch mit eigenen Augen sehen. Aber hört besser auf meinen Rat: Guckt ihn euch lieber nicht an!

DER JUNGE HERR GEO

Der junge Herr Geo ist ein Glückspilz. Obwohl er ein Rockstar hätte sein können (für seine schöne raue Baritonstimme ist er in ganz Bukarest berüchtigt), eine Berühmtheit auf dem Laufsteg (er ist einen Meter fünfundachtzig groß, ausgeprägte Wangenknochen, dünne Hüfte) oder Ingenieur (er hat ein Abi in Mathe und Physik), hat der junge Herr Geo ein anderes Schicksal gewählt. Sein Kindheitstraum war, Literaturkritiker zu werden. Kein Schriftsteller, kein Dichter. Seltsamerweise. Die Deutschlehrerin war eines Tages hin und weg von seiner diabolischen Fähigkeit, an allem etwas auszusetzen zu haben. Zum Beispiel: „Da steh ich nun, ich armer Tor und bin so klug *als wie* zuvor." Die ganze Klasse brach in schallendes Gelächter aus, als seine schöne, leicht veränderte pubertierende Stimme die sprachliche Unstimmigkeit unterstrich. Ja, ein großer Schwachkopf, dieser Goethe. Das Schicksal hatte ihm ein Zeichen gegeben.

Er war der Pflichtzertrümmerer. Darauf baute er seine Karriere auf. Kaum stieg ein neuer Stern der Lyrik oder Prosa dem Himmel empor, da schmetterte der junge Herr Geo sogleich ohne Mitleid und Zweifel die Einfälle nieder. Tropus[23] stank ihm. Metathesen verursachten ihm Migräne. Von Vergleichen drehte sich ihm sein Magen um. Er musste seinen Blick nur auf die Seite oder die Leinwand richten und schon schämten sich die Gegensätze und die Anakoluthe. Mit nicht einmal dreißig Jahren war er gefürchtet und wurde vergöttert. Er war das Idol der Lyrikerinnen, die mit hoffnungsvoll glänzenden Augen ihre fleischlichen oder niedergeschriebenen Opfergaben vorlegten. Jede träumte davon, das Biest zu zähmen. Und jede musste sich geschlagen geben. Sobald sie allein waren, griff er zu dem Büschel an Manuskripten und

---

[23] Oberbegriff für Stilmittel, bei denen das Gesagte vom Gemeinten abweicht.

ließ seine Zauberstimme wirken. Die Gedichte verwelkten, die Verse schürften sich die Knie auf.

So ist es auch jetzt. Der junge Herr Geo schleicht sich aus dem Schlafzimmer. Eine gehemmte, dürre Poetin mit Brille schläft gerade in seinem Bett. Um nichts in der Welt wollte sie ihm ihre Manuskripte offenlegen. Ehrlich gesagt war sie eine Katastrophe im Bett. Jetzt verspürt er das Bedürfnis, sie für ihre Untauglichkeit zu bestrafen. Er durchsucht ihre Tasche und findet drei einzelne Blätter, handgeschrieben. Also beginnt er zu lesen und sein Gesicht leuchtet vor lauter Zufriedenheit auf. Sie ist peinlich. Er hatte sich nicht getäuscht. Mit dem ihm typischen, verbitterten Vergnügen entdeckt er jedes Ungeschick und jede Überspitztheit, worin er mittlerweile Experte ist. Genau dann erscheint der zerzauste nichtssagende Kopf der jungen Frau Dichterin. Sie hält ein Laken vor ihre Brust und mit der rechten Hand greift sie vorwurfsvoll, doch unbeholfen in seine Richtung. Der Manuskripthaufen, ihre gestohlene zerfickte Seele.

Der junge Herr Geo grinst diabolisch, macht den Mund auf und beginnt kriminell zu rezitieren. Aber seine Stimme versagt, ein quälendes Husten braut sich in seinem Hals zusammen und reißt ihm gewaltsam den Mund auf. Die vollgeblutete Stimme voller Äderchen verlässt seinen Mund, steigt hinunter zu seiner Hand, packt die Blätter und übergibt sie sehr höflich der jungen Frau. Dann verbeugt sich die Stimme und verschwindet. Der junge Herr Geo wackelt, fällt auf die Knie und stirbt röchelnd zu Füßen der jungen Frau. Sie bleibt genauso stehen, ohne sich zu bewegen, bis ihr das Blut an die Knöchel reicht. Sie kann ihren Augen nicht trauen und schreit los. Ich schwöre euch, sie hat nicht aufgehört, bevor das ganze Hochhaus wach war.

DER LETZTE STRANDTAG

Die höchste Stufe der Peinlichkeit ist Schüchternheit. Vollkommener Terror! Das Meer ist eiskalt, der Wind bläst rasend. Vorbei. Was war, das war. Auf der linken Seite werden die letzten Zelte abmontiert. Diejenigen, die auf das Ende und den Abendbus warten, haben sich fröstelnd auf Terrassen angehäuft und klammern ihre Hände um das Glas – der zuverlässige Kumpel, weit über Gutes und Böses hinaus. Keiner wollte sich ergeben zeigen, aber so ist nun mal das Schwarze Meer. Die letzten Augusttage schmeißen alle mit einem tollwütigen Sturm raus und die Geschichte geht zu Ende. Obwohl sich drei Tage später die weiche Sonne wie von Geisterhand über dem Strand ausbreitet. Wenn Schluss ist, ist Schluss. Ein Mann im Anorak spaziert mit verschränkten Händen hinter dem Rücken, den Ohren im Kragen vergraben und einem lustigen Hütchen über den bereits erwähnten Ohren. So fordert er sein Schicksal heraus. Aber dort gibt es kein Schicksal. Oder vielleicht doch, anscheinend gibt es doch etwas. Reste.

Quatsch, er fordert nichts heraus! In der Mitte der Welt versteckt sich eine frierende junge Frau in Fötus-Stellung vor dem Rest der Menschheit. Sie ist komplett in dünne weiße Leinen eingewickelt und bewegt sich nicht. Der Mann geht gleichgültig an ihr vorbei. Die junge Frau rührt sich nicht unter dem fast durchsichtigen Versteck. Nur ein Fuß ragt heraus und wackelt unzufrieden mit den Zehen. Es ist ein Fuß, der den restlichen Körper erkennen lässt, vollkommen. Für einen Augenblick denkt er, dass er sie fragen könnte, ob er ihr helfen kann … Hm, womit soll er ihr helfen? Sie wärmen, zum Beispiel. Oder ihren nackten, kalten Fuß zudecken. Einen heißen Tee könnte er ihr bringen. Er stellt sich das Gesicht des Mädchens vor, versteckt unter dem Stoff. Und er ist absolut sicher, dass er sie kennt, dass er sie lieben könnte, dass

sie, da unter der Rinde aus Nichts, für ihn bestimmt ist. Kaum
denkt er daran, schon errötet er innerlich. Somit entfernt er
sich rasch, bevor ihn jemand sehen kann. Ob das wohl Liebe
ist, oder nur Lust auf Sex? Es ist Lust auf Sex, ja, wilden, wie
für Schüchterne, in spitzfindigen Stellungen. Er kehrt zurück
in sein Zimmer, steckt das Modem in den Computer, checkt
seine Mails und beantwortet die Nachrichten. Dann schaut
er in sein Portemonnaie. Wahres sprach Zarathustra: Der
Urlaub ist zu Ende. Wie von einer Brise, wird er von einem
leichten Hauch Bedauern geplagt. Faul legt er sich hin und
sinniert unzufrieden über das ärmlich eingerichtete, hässli-
che Zimmer. Morgen früh wird er im Zug sitzen …
    Plötzlich springt er aus dem Bett heraus. Es ist Mitter-
nacht. Wann zum Teufel ist es Nacht geworden? Er packt das
LED-Feuerzeug und eilt zum Strand. Wie verrückt läuft er hin
und her. Es war ein Fehler, es war ein Fehler! Er hätte stehen-
bleiben und sie fragen sollen. Er hätte sie aus ihrem Spinnwe-
ben-Stoff herausholen sollen, ihr etwas sagen, egal was. Die
Wörter spielen keine Rolle, sie hätte es verstanden. Das bläu-
liche Licht klärt die Sache nicht auf. Der Platz ist auch nicht
derselbe. Der Strand ist leer. Im Lichtschein des Mondes, der
sich zögernd zwischen den Wolken hervortut, hat sich die
Landschaft definitiv verändert. Das Meer rauscht aus allen
Poren. Zwei Schritte weiter hat der Wind aufgehört zu wehen,
die Kälte dringt bis in die Knochen. Im Sand zeichnet sich
eine tiefe, perfekte, abgerundete Form mit allen verführeri-
schen Details des verschwundenen Körpers ab. Kopf, Brüste, Schenkel, eine Hand. Das Glück hat sich aus dem Staub
gemacht, komplett. Was war bloß mit seinem Verstand? Die
ausgehöhlte Form umarmt eine Perle, so groß wie der Mond.
Eine glänzende Sandperle. Er berührt sie mit den Fingerspitzen und der Sand fällt in sich zusammen. Es bleibt nichts.

WARUM DER HASE DIE WETTE VERLIERT

Ich habe keine Ahnung, warum der Hase die Wette verliert, aber davon abgesehen steht Melania neben sich, spürt eine Brise ums Herz und einen Schleier über den Augen. Es ist einer dieser Tage, an dem sie mit irgendjemand beliebigem schwatzen könnte – aber dazu hat sie keine Lust. Heute sind alle ihre Freundinnen nicht zu gebrauchen. Sie waren am Telefon kurz angebunden. Der Weltuntergang muss nah sein. Wer hat schon eine Frau gesehen, die nicht tratscht? Woher diese Hektik, die zu nichts führt? Sie könnte ihre Garderobe erneuern. Zu kompliziert. Sie könnte in ihr winziges Auto einsteigen (sie besitzt einen Matiz, nicht dass ihr denkt, dass sie eine versnobte Reiche ist) und zu Cheile Oltului[24] fahren, aber das ist zu weit. Und was soll sie da machen? Da hat sie nicht mal Empfang. Uff, es gibt manche Tage, an denen sogar zu leben bedrückend erscheint. Und vergebens daliegen und sich langweilen, das ist zu viel. Das Leben ist zu …

Genau in dem Moment, in dem sie denkt, dass sie an die Decke gehen wird, klingelt das Telefon. Melania zögert, weil ursprünglich klar war, dass niemand Zugang zu ihrer Melancholie erhalten sollte. Sie kennt die Nummer nicht. Nach der Dreier-Durchwahl scheint es eine Behörde zu sein. Das ist es auch in der Tat, nur dass die Stimme am anderen Ende ihr unerwartet bekannt vorkommt. Es ist Ghiorghel (eigentlich Gheorghe Schleimer, der Außenseiter der achten Klasse, der mit der Zeit das H aus seinem Namen entfernte und zu George wurde). Er legt schnell los. Wie gut, dass sie sich bei dem Klassentreffen nach zwanzig Jahren gesehen haben. Obwohl es schon einen Monat her ist, hat er das Thema immer wieder durchgekaut. Was für eine Überraschung, was für eine Freude, was für eine Veränderung! Er hätte sie von Anfang an bemerkt.

---

[24] Schlucht in den Südkarpaten.

Sie hatte keine Veränderung wahrgenommen. Alle schienen unverändert, da war nichts zu bemerken. Wie schön es doch war, sich wiederzusehen! Die Kindheit bekomme eine neue Bedeutung, eine veränderte. Ist dem nicht so? Die Freundschaften könnten wieder auf anderen Grundlagen aufblühen. Denn bei ihnen (welche ihnen?), in der Versicherungsbranche (aha!), hatte er gar nicht mitbekommen, wie die Zeit vergangen ist. Die Arbeit als Versicherungsagent erfülle einen, allerdings ziehe das Leben an einem vorbei wie ein Komet. Genauso drückt sich Ghiorghel aus. Man guckt aus den Papieren hoch und schwupps ist die Zeit weg. Es sei viel zu tun (sag bloß, bei dieser Dürre …), also wisse man gar nicht, wie die Zeit vergeht. Erst das Geld, dann das Vergnügen (Georgel setzt ein x als Sondereffekt ein: Vergnüxen). Und sie, Melania, habe einen unglaublichen Sinn für Humor. Als er sie wiedersah, sei ihm bewusst geworden, dass er sie nicht vergessen hatte, obwohl er sie fast vergessen hatte (hmm). Sie sei das schönste Mädchen überhaupt gewesen (das stimmt! Melania schmunzelt in sich hinein), das habe er gleich gemerkt. Jetzt könne er es ihr sagen: Er war heimlich in sie verliebt gewesen. Schade, dass …

Schade, dass was?

Das Leben. Die Verpflichtungen.

Weißt du, ich denke, dass die Welt sehr einfach ist und gleichzeitig sehr kompliziert.

Aber als er sie gesehen habe, sei ihm klar geworden, dass …

Stille.

Vielleicht könnten sie sich wiedertreffen. Auf einen Kaffee. Oder bei ihm zuhause. Er habe ein Haus im Zentrum, das ein Vermögen gekostet hat, das Geld sei aber unwichtig. Erst jetzt werde ihm bewusst, dass das Leben an sich schön ist. Ob sie Single sei? Ja?

Ob sie Lust hätte, sich mit ihm zu treffen?

Ja, hätte sie.

Nichts Verbindliches, ohne Verpflichtungen, nur um die Zeit ein bisschen totzuschlagen. Seltsam, sie ist geneigt, ihm zuzusagen. Ob sie sehe, wie sich die Menschen ändern, deshalb könne man mit den Jungs vom Gymnasium nichts anfangen.

„Vielleicht können wir das direkt heute Abend erledigen, morgen fahre ich nach Madrid."

„Darum verliert der Hase die Wette!", schreit Melania wütend. „Du Tier! Fick dich selbst!"

DIE ZEIT HAT KEIN BEDAUERN

Wenn man Geduld hat, kann man auf dem Flohmarkt zig magische Dinge finden. Das ist eine besondere Technik. Man zeigt sich nie interessiert. Mit gelangweiltem Gesichtsausdruck fragt man nach und geht weiter. Man schaut nicht mal genau hin. Das Fragen war nur um des Fragens Willen. Dann begibt man sich in andere Ecken, ohne einen Blick zurückzuwerfen. Am Ende des Tages spricht dich der Verkäufer an und fleht geradezu, ihm das Elend abzunehmen. Erst dann ist die Zeit reif zum Verhandeln, weil du gelangweilt bist und genug hattest. Du bist, als wärst du gar nicht mehr da.

Auf diese Weise habe ich für zehn Lei eine Taschenuhr mit Kette erstanden. Von Anfang an hatte ich ein Auge auf sie geworfen. Sie war mindestens ein Jahrhundert alt. Nachdem ich mich scheinbar unzufrieden überzeugt hatte, dass sie aufgedreht funktionierte, steckte ich sie in die Hosentasche. Ihr werdet sagen, ich sei verrückt, aber von dem Augenblick an lief bei mir alles bestens. Ich habe mich verliebt und es war ein Erfolg. Ich habe eine Firma gegründet und sie lief super. Ich habe im Lotto gewonnen (nicht viel, vierstellig). Mir erging es gut. Am Anfang erkannte ich keinen Zusammenhang zwischen dem Uhrwerk und meinem Erfolg, bis zu dem Tag, an dem es stehengeblieben ist. Etwas klapperte in dem Gehäuse. Meine Geliebte machte ihr Gepäck und ging fort. Ich stand da mit dem guten Stück in der Hand und die Frau, meine Teure, meine Geliebte, sagte zu mir:

„Das läuft so nicht mehr."

„Warum läuft es nicht? Was läuft nicht?"

„Alles. Es ist kaputt, gebrochen. Du hast mir das Herz gebrochen."

„Gut."

Und weg war sie. Ich habe einen Uhrmacher gesucht. In Bukarest gibt es keine Uhrmacher mehr – zumindest nicht solche die sich mit Feder und Unruh auskennen. Die Uhr hinterlegte ich in einer Schublade und ging krachend bankrott. Ein donnernder Knall für mich, den sonst niemand gehört hat. Seitdem ging es mir schlecht. Ich musste in einer Druckerei arbeiten. Arbeiten mochte ich noch nie, also war das meine schlimmste Zeit. Ich war mutterseelenallein und verzweifelt. Manchmal nahm ich die Taschenuhr mit – in meiner vergeblichen Hoffnung, sie wieder in Gang bringen zu können. Große Aufmerksamkeit schenkte ich ihr jedoch nicht. So kam ich wegen einer Dienstreise nach Cluj. Ich erspähte eine Werkstatt, klein wie ein Fingerhut, ging hinein und sah den Uhrmacher. Alt wie die Zeit war er, ich denke, er war mindestens achtzig. Aus Macht der Gewohnheit reichte ich ihm das Objekt. Der Mann nahm es gründlich in Augenschein und rief:

„Mein Herr, es ist mir eine große Ehre, sie zu reparieren. Ich weiß nicht, ob es mir gelingt, aber ich werde es versuchen."

Bevor ich nach Bukarest zurückkehrte, ging ich zum Uhrmacher, überzeugt, dass ich die Uhr dalassen werde. Der alte Mann begrüßte mich, kam mir mit voll zufriedenem Lächeln entgegen. Er hatte es geschafft. Nun machte er den Deckel auf und hielt mir die Lupe unter die Augen:

„Sehen Sie? Sie wurde bereits repariert. Einmal 1923 und einmal 1944. Fotiade, der Erste, Angelescu, der Zweite. Ich habe Angelescu gekannt. Ein großer Mensch, mein Herr! Sehen Sie? Sie haben hier signiert – und, mit ihrem Einverständnis, habe auch ich signiert. Sehen Sie?"

Ich habe bezahlt, sie genommen und bin zurückgereist. Also gut, meine Geliebte kam wieder und ich gewann im Verfahren gegen die Debitoren. Das war vor zehn Jahren.

Gestern ist die Uhr stehengeblieben. Besorgt blicke ich zu der Frau, die sich mit feindseliger Haltung ans Fenster lehnt und dabei so aussieht, als würde sie träumen. Ich rufe mein Mädchen, das in seiner Sturheit nicht antwortet. Und überprüfe die Unterlagen. Da ist nichts, was mir Sorgen machen müsste. Aber ich weiß es jetzt schon, dass mein Glück den Bach runtergehen wird. Ich glaube nicht, dass in dieser Welt noch ein Uhrmacher existiert, der alles wieder richten kann.

DER UMWEG

Marin wusste von klein auf, dass er in der Welt herumkommen würde. Während des Geografie-Unterrichts war er ganz Ohr. Im antiken Atlas der Familie malte er Routen nach, vermerkte Einkehrmöglichkeiten und lokale Sehenswürdigkeiten. Er studierte alle Zugangsmöglichkeiten. Die Welt sollte sein Schicksal sein und der Leitfaden dafür *In achtzig Tagen um die Welt*. Er hatte es verschlungen. Er schlief damit unter dem Kopfkissen und träumte wie nie zuvor. Er träumte von einem Land, in dem Milch und Honig zwischen Polentabergen fließen. Das Faszinierendste schlechthin war allerdings ein Goldberg, dessen Spitze zwischen Wolken aus festerer Polenta verhangen war. Manch einer hätte meinen können, dass er den Magnetberg aus *1001 Nacht* gesehen hatte, andere den Mahlstrom. Es wusste jedoch niemand, was Marin las, weil er in der Schule vermied, über seine Träume zu sprechen. Er hatte einen Plan.

Darin strengte er sich an: Geografie und Sport (er wollte auf seiner Durchreise auch am Nordpol einen kurzen Zwischenstopp einlegen). Sonst war er in keinem Fach gut. Nach der Schule wurde er für ein Jahr und vier Monate zum Wehrdienst eingezogen. Seine Träume versteckten sich sehr tief. Er lief die Hügel hinauf, schaufelte Gräben, reinigte Latrinen und zog sich blitzschnell an. Er sah es jedoch als Training für die Zukunft. Manche nannten ihn „alte Heißdüse". Es passierte etwas Kurioses: In der Kaserne kamen ihm seine Träume abhanden. Er konnte sie nachts nicht mehr wiederfinden, so sehr wurde er während der Wache gedrillt und geschunden – wie ein dummer Schütze. In seinem Inneren wusste er doch, dass er dadurch Muskeln aufbaute und sich abhärtete. Für außerordentliche Verdienste wurde ihm einmal Freigang erlaubt. Als er nach Hause kehrte, besoff er sich und schwängerte Ilinca. Es war gut, davon ging er aus, obwohl er sich

129

nie daran erinnern konnte. Ob er wollte oder nicht, musste er dann in den sauren Apfel beißen und heiraten, ging danach in Zivil zur Stadtfabrik, um für seine Familie zu sorgen. So kamen Maricel, Vasilica und Vasile auf die Welt. Pflichtbewusst nahm er sie mittels Gewerkschaft mit in die Berge und ans Meer. Er brachte ihnen Klettern bei, mitten in der Natur klarzukommen und Gefahren entgegenzutreten. Niemand ahnte etwas. Während er ununterbrochen trainierte, lauerte er einer Möglichkeit auf. Obwohl keine in Sicht war. Als sich eine freie Woche ergab, packte er und nahm den Weg nach Turnu Severin.[25] Er log, dass er auf Dienstreise nach Bacău fahren musste. Der Unglückselige, sie haben ihn im Zug erwischt und er musste drei Monate lang wie ein Blödmann einsitzen. Stillschweigend steckte er Schläge ein, hartnäckig und geduldig.

So verging die Zeit. Die Revolution traf ihn in seinem fünfundsiebzigsten Lebensjahr. Er schien sich abgefunden zu haben, bereitete sich gerade darauf vor, Großvater zu werden, aber selbst dann wusste niemand, was in seinem Kopf vorging. Nun, wo er in einem freien Land lebte, stieg er allein in den Zug und begab sich in Richtung Istanbul, ohne zurückzublicken. Von Istanbul nach Bagdad, dann Singapur und dann ... Von wegen! Von der Grenze trugen sie ihn auf dem Arm zurück, blau im Gesicht, röchelnd. Ein verdammt blöder Herzinfarkt hatte ihn erwischt. „Viel Ruhe, Pause und ein Leben ohne Übertreibungen", verordnete ihm der Arzt und schaute ihn dabei gelangweilt an.

Im Flur des Krankenhauses hatte sich eine tuschelnde, ungeduldige Schlange gebildet, Menschen mit viel Geld in den Taschen. Marin sah dem Arzt tief in die Augen und von dem Tag an sprach er nicht mehr. Auch jetzt spricht er nicht. Er

---

[25] Grenzübergang an der Donau zu Serbien, der schwimmend überwunden werden konnte.

sitzt auf der Bank und wartet darauf, dass der Postbote ihm die Rente vorbeibringt.

VERSTECKT

Noch bevor es hell wird, wacht Andrei mit dem bekannten eiskalten Gefühl im Nacken auf. In dem Augenblick, in dem er die Augen aufmacht, weiß er, dass noch jemand im Raum ist. Er schleicht sich geräuschlos am Bett vorbei und sucht den Baseballschläger, mit dem er sich vor einiger Zeit ausgerüstet hat. Danach legt er sich auf die Lauer. Eine Minute, zehn Minuten. Der andere rührt sich nicht. Der Tag bereitet sich vor, den Raum zu füllen, sodass Andrei verängstigt zugeben muss, dass er geträumt hat. Andreea schläft wie ein Stein, eingekuschelt in der Bettwäsche.

„Was, wenn ich verrückt werde?", flüstert er zu sich selbst. Es muss noch gesagt werden, dass unser Andrei ein fröhlicher Kerl ist, ziemlich vorsichtig, wenngleich locker, trotzdem nicht allzu kontaktfreudig. Dieser Hauch Unsicherheit, nie allein zu sein, beharrt stur darauf, bei ihm zu bleiben. Er hatte es auch der jungen Frau erzählt – ein wenig ausweichend, damit er nicht lächerlich rüberkam. Sofort hatte sie bestätigt: Alle werden überwacht. Es ist bekannt, dass die Großmächte Dateien mit Informationen über alle Bewohner auf der Welt haben. Er kam sich nicht mehr lächerlich vor, oder Gott bewahre, sogar verrückt. „Merkst du auch irgendetwas?" Sie hatte gelacht. Andreea ist sehr erfrischend. Sie ist die Liebe seines Lebens, sie bestätigt ihn, versteht ihn, unterstützt ihn. An Andreeas Seite ist Andrei ein anderer Mensch.

So lernten sie sich kennen. Die junge Frau lachte im Kreise ihrer Freunde und erzählte über *Den Alchimisten*. „Verstehst du mich, Süße, wir alle haben ein außergewöhnliches Schicksal und zu einem bestimmten Zeitpunkt ordnen sich die Sterne und alles fügt sich. Dann musst du es checken und den Schritt wagen. Das Universum ist an deiner Seite!" Als er sie hörte, schlug sein Herz schneller. Er selbst hatte den Roman auch gelesen. Es schien ihm der wahrhaftigste Roman aller

Zeiten zu sein. Er schaute sie genauer an. Andreea war – besser hätte es nicht kommen können – die schönste Frau in der Runde. Am Ausgang wartete er auf sie und sprach sie direkt an. Natürlich gestand er ihr – was sonst – dass er ein Coelho-Fan sei. „Du bist doch Andreea, oder? Ich bin Andrei!" Er wollte noch sagen, dass die Sterne so ein magisches Treffen bewirkt hatten, aber er hörte rechtzeitig auf.

Es war Liebe auf den ersten Blick. Andreea schaute ihn lange an, so als ob sie sich sein Gesicht direkt ins Gehirn einmeißeln wollte. Und er sah ihre Augen, ihren Mund, ihre Brüste, ihren Körper und wusste, dass er seine Seelenverwandte angetroffen hatte. Im selben Augenblick entschied er, dass er seine Liebe mit Zähnen und Klauen verteidigen würde, dass er die Freude, die ihn überkam, mit keinem teilen würde. Zusammen beschlossen sie, dass sie sich wie vor dem Teufel hüten würden, dass weder ihre Arbeitskolleginnen noch seine Freunde etwas erfahren würden. Während der Arbeitszeiten himmelten sie sich an und das Geheimnis verlieh ihnen ein inneres Glücksgefühl, angenehm dennoch erstickend. Sie schrieben sich ununterbrochen Nachrichten. Selbst auf dieses Detail hatte das Schicksal geachtet: Sie besaßen das gleiche iPhone-Modell. Wenn sie allein waren, liebten sie sich wie verrückt, erfinderisch, originell, abwechslungsreich, unfähig, genug voneinander zu bekommen.

Genau zu dem Zeitpunkt erschien der andere, der Schatten. Wie eine Brise Schweiß. Andrei fühlte sich entlarvt. In seiner Anwesenheit änderten die Kollegen plötzlich den Verlauf des Gesprächs. Beim Saufen kamen merkwürdige Geschichten auf, die seinen wie zwei Wassertropfen ähnelten. Jemand erzählte, wie er angeblich in seiner Jugend mit der Sekretärin heimlich in den Urlaub gefahren war, nachdem sie sich vor den Augen aller Tickets für unterschiedliche Endziele gekauft hatten. Er errötete fast, als er die versaute Beschreibung einer Sex-Stellung hörte, die sie einen Abend zuvor ausprobiert hatten. Sogar die Frauen aus der Firma schauten ihn anders an, auf eine Weise, die er als Mann gleich erkannte. Eine Art Komplizenschaft, eine unausgesprochene Einladung. Dann sah er auf dem Bildschirm der Sekretärin ein Bild von ihm und Andreea. Es stimmt zwar, dass das Bild ruckartig geschlossen wurde – er könnte nicht mal mehr genau sagen, ob er sich selbst gesehen hatte oder nicht – aber dieses diffuse Gefühl nahm ihn ein.

Er fragte sie: „Hast du es jemandem erzählt?" – „Bist du verrückt? Warum sollte ich?" Sie kam ebenfalls ins Grübeln. Im Gegensatz zu Andrei ist Andreea eine fröhliche, entspannte junge Frau. „Und was juckt dich das, du Dummerchen? Ich liebe dich und das ist alles, was zählt!" Er stimmte ihr zu, machte aber seinen Computer platt und installierte alles neu. Die Unruhe lehnte einen Waffenstillstand ab. „Das Schicksal stellt mich auf die Probe", sagte er zu sich selbst und erinnerte sich an den Helden aus seinem Lieblingsroman.

Jetzt, nachdem er sich Mut gemacht, die Wohnung und das massive Türschloss kontrolliert hat, kehrt er ein wenig beruhigter zurück ins Bett. Das Licht des nebligen Morgens lässt Andreea leuchten.

Er wird die Dateien auf seinem Telefon löschen müssen, alle Nachrichten, alle Bilder. Eine schmerzhafte Entscheidung. So, als ob er seine Geliebte aus seinem Herzen löschen würde. Demzufolge nimmt er ohne ein Wort das Telefon und öffnet die Nachrichten. Er lacht stumm auf. Das ist nicht sein Handy, sondern ihres. Okay, dieses wird er auch stilllegen, heimlich, wie ein Dieb. Er wird es ihr erklären. Eine Nachricht von Oana, der Sekretärin, der Doofen, wird noch angezeigt: „Was hat der Verrückte noch mit dir gemacht, Mieze? Hat er dich wieder ins Koma gefickt?" Er erstarrt, ist wie vom Schlag getroffen. Schnell spult er vor und zurück, die Verblüffung treibt seine Finger an. Ihr Handy ist vollgepackt mit Nachrichten. Sein Leben befindet sich komplett und nackt darin. Nichts ist versteckt.

HIMMLISCH

Ihr fünfjähriger Sohn stahl nachts das Essen aus dem Kühlschrank. Er nahm die Schokolade vom Regal. Er stibitzte die Pralinen aus der Schachtel. Er klaute wie ein Rabe. Alles und von überall. Zunehmen tat er allerdings nicht. Erst hörte die Mutter als Einzige ein Knacken. Sie war mit den Geräuschen des Hauses vertraut und erkannte das Schlurfen der Söckchen. Dann wähnte sie (man könnte sagen mit geistigen Augen) die Tür des Kühlschranks, halboffen. Sie zog sich ihren Mantel an und sah es mit eigenen Augen: Vom Kühlschranklicht beleuchtet, stopfte der kleine Robert in seine Pyjamajacke Joghurt Minis, Würstchen, dünne Salamischeibchen und Käsestückchen – so viel, dass er es kaum tragen konnte. Daraufhin schloss der Junge den Kühlschrank und machte sich davon – schlurf, schlurf – in sein Kämmerchen. Die Mutter lachte, der Vater allerdings nicht: „Nun, warum sollte er denn stehlen? Geben wir ihm nicht genug?"

„Lieber, wir geben ihm doch keine Wurst!"

„Ja, aber wir geben ihm nur Gutes!"

„Und Wurst ist nicht gut?"

„Liebling, hier geht es nicht um die Wurst."

Sie stellten ihn vergebens zur Rede. Sie durchsuchten das Zimmer nach Resten. Sie schauten im Mülleimer, im WC, unter dem Balkon, unter dem Bett. Nichts. Was sollten sie nun tun? Am Ende des Monats waren unterm Strich Tonnen von Essen verschwunden. Die Eltern schauten sich verwundert und beängstigt an.

Sie brachten ihn zum Arzt. An eben diesem Morgen verschwand ein Kilo Bonbons aus der Dose. Der Arzt untersuchte ihn, hielt seine Hand an seinen Kopf, maß den Blutzucker, setzte das Stethoskop auf und schüttelte mit dem Kopf. Außer der Tatsache, dass er ein wenig dünn war, sollte alles in Ordnung sein.

„Aber Herr Doktor! Sollen wir ihm Medikamente geben? Wir haben ihm Vitamine gegeben."

„Nein, warten Sie mal, ich mach noch eine Augenanalyse."

„Ist das sehr ernst?"

„Nein, gute Frau, alles ist in Ordnung … Ist er zu lange drinnen, im Haus?"

Pause.

„Ich habe es dir gesagt …", murrt der Vater, „ihm fehlt die frische Luft".

„Willst du, dass er sich erkältet? Seine Nase läuft, Himmel nochmal!"

„Die Dame, der Herr, Robert ist okay. Machen Sie sich keine Sorgen mehr, er hat sowohl das passende Gewicht wie auch die passende Größe. Was das Essen betrifft, das ist nicht mein Problem."

Sie gingen dumm zum Arzt und kamen noch dümmer zurück. Was sollten sie nun tun? Sie ließen ihn zur Befragung kommen. „Wen hast du am aller, allermeisten lieb? Mama oder Papa?" Der Junge schaute sie verwirrt an. Wie meinten sie das nur? „Komm schon, Mäuschen." Sie entwarfen einen ausgeklügelten Plan und legten sich auf die Lauer. Wie ein kleiner Roboter schnappte sich der kleine Robert die Tüte mit Pralinen, den Teller mit Hackbällchen, die Pistazientorte samt Bohnenpüree und verschwand in sein Zimmer. Um ihn nicht zu erschrecken, schlichen sie sich vorsichtig auf Zehenspitzen hinter ihm her und hefteten ihr Ohr an die Tür. Stundenlang lauschten sie, bis Mitternacht, als ob sie an der Wand kleben geblieben wären …

Der kleine Robert hielt seinen Atem an und horchte von der anderen Seite. Nachdem die Erwachsenen erschöpft schlafen gegangen waren, öffnete der Junge die Schublade. „Sie sind eingeschlafen, komm, hab keine Angst!" Aus der Dunkelheit leuchtete ein praller, rundlicher, knuffiger Junge, der sich verängstigt umsah. Mit Bärenhunger stürzte er sich auf das

Essen. Er stopfte es in sich, bis seine Pausbäckchen kurz vor dem Platzen waren. Seine Daunenflügel flatterten auf seinem Rücken. Er erzählt zum tausendsten Mal dem kleinen Robert sein trauriges Schicksal. Im Paradies darben sie alle an Nektar und Ambrosia. Keine Halva[26], keine Schokolade, keine Knoblauchsoße. „Mmmm… wie gut ihr es in eurer Welt habt! Ich möchte mehr! Da oben habe ich so einen Hunger!"

---

[26] Süßwarenspezialität.

DER TANZ DER EINSAMKEIT

Am besten schläft man, wenn der Morgen kommt. Man nimmt alle Kräfte zusammen, um sich zu strecken, und wäre bereit alles Gold der Welt für nur fünf Minütchen mehr Schlaf auszugeben. Nur so viel. Nur fünf Minütchen. Svetlana hätte es auch gegeben, obwohl sie nicht gerade das ganze Gold der Erde besaß. Allerdings stieg Lärm von unten in Wellen empor, sodass nicht nur die Fenster, sondern auch der Boden bebten. Vergeblich legte sie sich das Kissen über den Kopf. Vergeblich kniff sie die Augen so fest zusammen, dass sie sogar Fältchen riskierte. Im Innenhof war ein großer Radau wie bei einer Feier. Peitschen knallten. Kuhglocken schepperten. Die Bärentänzer[27] jauchzten. Erschöpft von dem Krach, der kein bisschen nachließ, schlug sie verschlafen die Decke beiseite und machte sich hastig auf die Suche nach zehn Lei. Dann öffnete sie das Fenster, um das Geld in den Schnee fallenzulassen. Genau in diesem Moment erstrahlte zwischen den bunten Fetzen, Fellen und Quasten der Anführer der Bärentänzer und erhob sein Gesicht zu ihr. Alle Fenster schliefen geschlossen, nur das ihre machte eine Ausnahme. Svetlana war wie erstarrt. Sie sah nicht nur einen Mann, schön wie die Sonne, sondern den perfekten Mann. Mit glatter Haut, groß, schlank und Augen, die einem das Herz mit einem einzigen Blinzeln entzweibrechen könnten.

Er verbeugte sich, ohne sie aus den Augen zu lassen:

„Werte Frau, wir wollen kein Geld, wir irren nicht die ganze Nacht herum für schnödes Geld. Wären Sie so gut, uns für fünf Minütchen in die Wärme aufzunehmen, um unseren Seelen ein wenig Rast zu geben? Wir sind Ehrenmenschen, bloß ein wenig entkräftet."

---

[27] Brauch zwischen Weihnachten und Neujahr, auch „die Ziege" genannt, der Glück bringen soll.

Und er lächelte sie mit allen Zähnen an.

Vom Winde der Arglosigkeit verweht, konnte Svetlana ihren Kiefer nicht mehr zusammenpressen um abzulehnen. Dafür aber gab ihre Hand ihnen ein vages Zeichen: „Kommt hoch". Die benachbarten Fenster blieben ungerührt. Bald hörte man die Schar im Flur stampfen. Noch bevor sie klingelten, öffnete ihnen Svetlana mit rasendem Herzen die Tür. Sie waren verlumpt und groß, stanken nach Zigarettenrauch und trugen Gepäck auf dem Rücken. Der Anführer der Bärentänzer legte mit einer einzigen lockeren Bewegung seinen Arm um ihre Taille und küsste sie mit großer Unverschämtheit. An ihr vorbei rauschte der Gestank von Schaf, von Rauch, von Gülle und von Kälte. Sie schloss die Augen, von ihrer eigenen Kühnheit überrascht. Als sie sie wieder öffnete, war die Wohnung leer wie ein Glas. Sie hatten sogar das Bett mitgenommen.

DIE ANBAGGEREI

In der Brauerei herrscht fürchterlicher Lärm. Die jungen Frauen rennen eifrig mit ihren hochgekrempelten Blusen und knallengen Jeans herum. Sie tragen überlaufende, schaumige Bierkrüge in den Händen und übermitteln mit piepsiger Stimme die Bestellungen. Beißender Qualm zieht durch das Lokal. Gheorghiță nimmt eine strategische Position ein und scannt den Raum. Wie einem Experten ist ihm jede Kleinigkeit vertraut. Er kennt Gogu, die Labertasche, Mișu den Prahler, Rosa, die Säuferin, Alexandru, den Verlorenen und Virgil, den Miesepeter. Auf Anhieb versteht er, was jeder sagen möchte. Er weiß bis ins kleinste Detail, was jeder tut. Die Geschichten kennt er von Kopf bis Fuß, ebenso wie die Ticks, Wiederholungen und jegliche Ausdrucksfehler der Erzähler. Er hat Zugang zu ihren geheimen Gedanken, ihren undurchdringlichen Ängsten und kann mit geschlossenen Augen sehen, wie sich die Schicksale verbinden und regeln: mit Bier. Deshalb weilen seine Blicke niemals allzu lange auf Gesichtern und Gesten. Die Welt ist dieselbe in einer ständigen unnötigen Veränderung.

Gheorghiță ist ein Brauerei-Weiser. Selten, aber immer wieder wird er um Rat gebeten von den Verzweifelten des Lokals oder der Kellnerin Gyöngyi, welche zwangsläufig das Rechnen in rumänischer Sprache vergisst. Wenn ein axiologischer Streit ausbricht, hat er die höchste Autorität. Mitten im Tumult hört man klar seine weiche, aber feste Stimme. Jede strittige Angelegenheit wird beendet. Er ist der Gott des Lokals.

Genau heute setzt sich eine junge Frau mit grünen Haaren und Nasenring an seinen Tisch. Sie trägt einen Ring am Daumen und Badelatschen. Entschlossen setzt sie sich hin, ohne zu zögern, zieht an einer Zigarette und pafft ihm ins Gesicht. Obwohl er selbst Raucher ist, zieht sich Gheorghiță instinktiv zurück. Die junge Frau lässt ihm keine Zeit zum Atmen. Sie redet schnell auf ihn ein:

„Kumpel, wir beide haben ein Problem. Nur du kannst mich aufklären, mein Problem lösen, nenn es, wie du willst. Ich habe einen Freund, der säuft. Nicht allzu viel, aber er trinkt. Nicht mal der Teufel holt ihn aus der Kneipe heraus. Gyöngyi, ich möchte auch einen Wodka! Er trinkt hier, ist bei dir. Jeden Tag ist er hier, so sagt er, ich kann ihn aber nicht sehen. Kumpel, du hast mein Leben ruiniert! Er meint, alles was er kann, hätte er von dir gelernt. Er meint, er wäre dein Schüler. Du seist der klügste Mensch auf der Erde. Und das bringt mich auf die Palme! Egal, was ich ihm sage, nur du hast Recht. Das finde ich überhaupt nicht in Ordnung! Gyöngyi, Schätzchen, der Wodka! Schau mal, ich habe ihm gesagt, in der Liebe braucht man sich nicht zu entschuldigen – und er hat gelacht. Ich habe ihm gesagt, er soll sich seinen Schnurrbart schneiden (Gheorghiţă tastet instinktiv nach seinem Schnäuzer unter der Nase) und er hat mir gesagt, dass er es für nichts auf dieser Welt macht. Ich habe ihm gesagt, die Menschen sind böse. Er hat gelacht. Die Menschen seien weder gut noch böse. Was für ein Schwachsinn! Entweder, oder. Ich habe ihm gesagt, ich werde wiedergeboren. Er hat mir gesagt, alle Menschen sind Sterbende. Wir haben uns gestritten, während wir uns geküsst haben. Deinetwegen! Er hat mir gesagt, ich liebe ihn nicht, dass mir das nur so vorkommt, dass die Liebe nur eine Illusion ist! Gyöngyiiiiii, soll der Wodka sein? Bring mir einen Doppelten! Und ich habe ihm gedroht: Wehe, ich sehe ihn nochmal mit Karomuster und grüner Hose. Und siehe da! Er zieht sich an wie sein Maestro. Warum? Warum, bitte schön? Was hat der? Kannst du mir das sagen?"

Das Mädel gießt sich in einem Zug den Wodka in den Hals. Gheorghiţă rutscht auf dem Stuhl herum. Wer zum Teufel kann dieser geheimnisvolle Nachahmer sein? Der genauso wie er glaubt, dass die Liebe nicht existiert, der Hemden mit Karomuster trägt und zusätzlich noch weiß, dass die Menschen Sterbende sind. Bestürzt schaut er zu der jungen Frau, als sei sie das achte Weltwunder. Es hat ihm die Sprache verschlagen. Er ist schüchtern wie ein Mädchen.

„Worauf wartest du noch?", fragt die junge Frau. „Lass uns von hier verschwinden!"

BERICHT ZUR LAGE DER NATION

Vogel! Vogel! Bist du auf Empfang? Pass auf, das Objekt ist in Sicht. Ich habe es eben vom Dachs übernommen. Der Mann hat nichts bemerkt. Er trägt ein blaues Sakko ... mit einem roten Einstecktuch. Man sieht es sofort. Ja, Mann, ich bestätige. Er nestelt gerade daran herum und rückt es zurecht. Jetzt hat er sich an einen Tisch am Theater *Comedie* hingesetzt. Er hat sich eine Zigarette angezündet und redet mit der Kellnerin. Er spricht ziemlich viel und zeigt ihr etwas aus der Speisekarte. Jetzt zuckt er mit den Schultern. Ich melde. Überprüft die Kellnerin. Er hat ihre Hand in die seine genommen und sieht ihr in die Augen. Sie lacht. Warum lacht sie? Er lacht auch. Aha, die Frau gehört zu uns. Gut so. Jetzt hat er sein Handy herausgeholt und ruft jemanden an.

Sie haben ihm ein Bier gebracht. Weizenbier. Aufgepasst! Ein Obdachloser spricht ihn an. Anscheinend hat er ihn nach einer Zigarette gefragt. Er hat ihm gleich eine ganze Handvoll gegeben. Der Obdachlose hat ein kurzes Zeichen gegeben, mit zwei Fingern an der Stirn. Er ist von mittlerer Größe, trägt einen schmutzigen Jogginganzug und dreckige Turnschuhe. Ich fresse einen Besen! Wie gut der ist! Dass er einer von uns ist, hätte ich nie gedacht! Na egal, er telefoniert mit jemandem. Er ist aufgestanden, hat bezahlt und geht jetzt. Ja, ich bleibe ihm auf den Fersen. Beim Denkmal ist er stehengeblieben und fasst das Rad an. Ich bin mir sicher, dass er dort etwas hinterlegt hat. Ja, ich schau ja schon nach, ich schaue ... Mir klebt ein Kaugummi an den Fingern! Jetzt läuft er die Tonitza Straße herunter und begrüßt ein Fräulein, das die Beine übereinander geschlagen hat, ... ja genau, übereinander geschlagen ... Wieso? Was für ein Zeichen? Bedeutet das etwas Gutes? Wenn sie sie gestreckt hätte, hätten wir aufgeben müssen? Alter, wie cool!

Jetzt ist er plötzlich abgebogen, in die Französische Straße. Ich bleibe ihm auf der Spur! Ah, so ein Idiot hat mir den Weg

versperrt, ein schnodderiger Taugenichts. Ich warte. Warte
mal! Der Taugenichts hat mir etwas zugesteckt. Unter der
Hand. Seine Brieftasche. Ich inspiziere sie gleich – 200 Lei,
der Ausweis, drei Karten ... eine davon ist leer, das weiß ich.
Zum Teufel, wie gut es einigen geht! Sonst nichts, nur Quit-
tungen: eine von *Angst*[28], die andere aus einem Antiquariat.
Da ist nichts weiter vermerkt, Mann! Einfach ein Antiquariat! So, ich hab ihn wieder. Er ist in der Bio-Abteilung. Wie
meinst du das? Er wird nichts kaufen? Wie werden sie ihn
überzeugen? Wenn ich einen ekligen Verkäufer sehe, würde ich ihm am liebsten aufs Maul hauen! Ja, du hast Recht,
er ist rausgegangen und ist wütend, na klar, der hat keinen
Cent mehr, der Trottel. Der telefoniert schon wieder und ist
noch wütender. Jetzt brüllt er ins Telefon, wie ein Blödmann:
„Hallo, hallo!" Ich verstehe. Ja, ich laufe hinterher! Moment
mal, ich laufe sofort. Er hat sich an die Schlange angestellt, bei
Dristor Kebab, neben der Kirche. Ich lauf ja schon. Warte mal
kurz, dass ich mir die Haare zurechtlege ...

Hallo, Vogel? Katastrophe! Ich habe ihn erreicht und es
ihm gesagt, so wie besprochen, Wort für Wort: „Mister, Mister, das ist ihnen heruntergefallen!" Ich habe sogar so getan,
als wäre ich außer Atem, ich schwöre. Der Drecksack hat mir
in die Augen geschaut und mir ins Angesicht gesagt: „Na,
hast du etwas gefunden? Wenn nicht, dann ist es an der Zeit,
dass du verschwindest, du hast es verbockt!" Ich habe dann so
getan als wäre nichts, aber ich habe ihn dem Chinesen übergeben, der auf ihn in der Bar bei Bordello gewartet hat. Er hat
noch gesagt: „Ich gehe jetzt zu Bordello und hoffe, dass sich
die nächste Schicht verspätet hat!"

Eine Katastrophe, Mann, eine Katastrophe! Jetzt steht
er draußen bei Bordello und schaut den Chinesen an. Was
glaubst du, was er jetzt tut, Vogel? Er hält dem Chinesen

---

[28] Fleischfabrik, spezialisiert auf Wurstherstellung und sonstigen Fleischaufschnitt.

den gestreckten Mittelfinger vor das Gesicht! Ach! Und jetzt steckt er ihn in die linke, halboffene Faust!

Verflucht nochmal, wie gerne ich ihm jetzt die Fresse polieren würde!

DIE ZÄHMUNG

„Warum kommt sie nicht? Wo bist du hingegangen, Weib? Warum gehst du nicht dran?", fragt er laut, um seine piepsige gebrochene Stimme zu testen. Das leere Haus macht ihn nach.

Die kleinen Gegenstände flimmern, die Porzellanfiguren schimmern, der Kronleuchter wirft Licht *a giorno*, während sie auf ihre Besitzerin warten. Das perfekte Haus. Das Haus der Liebe und des Wartens. Aber auch der tollwütigen Eifersucht – das muss er zugeben.

Genau von dieser Tollwut ergriffen, wälzt sich der Mann wie ein erstochenes Tier herum. Tollwütig und erstochen – hundertprozentig das Gefühl, welches ihn plagt. Ach, wenn er Superkräfte hätte – obwohl, nein, lassen wir das mal lieber mit der Superkraft. Was bringt es, kräftig, aber hilflos zu sein? Ach, wenn er sich in eine Fliege verwandeln könnte, um ihr hinterherzufliegen, sie zu entlarven und ihr die Wahrheit ins Gesicht zu schmettern? Ihr aus dem Stand heraus zu sagen: „Du Nutte!", ihr ins Gesicht zu … Er seufzt. Was? Was kann ihr eine Fliege außer einem Summen ins Gesicht schmettern? Nein, eine Fliege ist nicht sonderlich gut. „Eines Tages wirst du es noch merken!", würde ihr dann das fliegende Lebewesen mit Menschenstimme sagen. Vermutlich wäre das Miststück bereit, ihn durch eine einzige Bewegung mit der Fliegenklatsche zu vernichten. Woher aber eine Fliegenklatsche in den intimsten, hemmungslosesten Momenten nehmen? Er verschluckt sich. Es tut ihm bis in die Magengegend weh. Die Illusion der Ausrottung erzeugt ihn ihm tiefste Befriedigung, süß-säuerlich, Ohnmacht hervorbringend, ein ganz kleines bisschen höllisch. Was ihn nicht davon abhält, sie sich in den anzüglichsten Stellungen auszumalen, wie sie die dreistesten Spielchen der Unterwürfigkeit und Nichtunterwürfigkeit praktiziert, wie sie das wagt, was er weder in seinem Kopf noch im Bett hinbekommt. Die Tatsache, dass er es sich sonst nicht einmal vorstellen kann, quält ihn umso mehr. Was treibt sie wohl, wie treibt sie es und vor allem mit wem? Um diese Uhrzeit!

Er setzt sich niedergeschlagen auf die makellose Bettkante (so gespannt, dass man eine Münze darauf fallen lassen könnte und sie würde in die Luft springen). Sie wird ihn fertigmachen, wenn sie ihn weiterhin so quält. Er verdient es nicht. Was hat er ihr getan? Oder auch nicht getan? Seine Frau ist bei aller Liebe kein Mensch. Sie ist ein unmenschliches Wesen mit Engelsgesicht und Otterseele. Mensch ist sie nur dann, wenn sie sich unterwirft, anketten lässt und eine hilflose Sklavin ist … Also nie. Er schaut auf die Uhr … „Wem habe ich etwas angetan, wofür muss ich jetzt büßen? Gott, erbarme dich meiner, ich werde sie umbringen!" Ja, er wird sie erwürgen, ohne weiter nachzufragen. „Ich werde sie umbringen und fertig. Hinterher bringe ich mich auch noch um." Er streckt die Finger in die Luft, presst sie zu Fäustchen und legt sie auf die Knie. Im Wohnzimmer liegen nun zwei Körper in Agonie. Sie, erstochen. Ihr Blut quellt auf den Wänden. Und er hat sich erhängt. Sein Körper zuckt am Balken. Oder doch nicht, lieber am Kronleuchter. Er tastet automatisch seinen Hals ab. Uff, er atmet. „Atme, Junge! Mensch, sei stark! Wir werden sie bei lebendigem Leib aufschlitzen!"

Bevor die kriminellen Gedanken eine genaue Form annehmen, wird ihm ein Strich durch die Rechnung gemacht. Man hört den Schlüssel, dann die Tür, dann die Absätze, das Fallen der Pumps, das Rumsen der Tasche. Sie ist es. Um diese Uhrzeit! Seine Wut ist kurz davor, zu explodieren. Er nähert sich der Beklagten mit dem ausdrucksstärksten, wildesten Gesicht, zu dem er imstande ist. Die Schuldige ist fröhlich, summt ein Lied, schenkt ihm keine Aufmerksamkeit. Sie hat auch keine Angst. Die Arme! Man kann die Sünde in ihrem Gesicht lesen, der Glanz in ihren Augen hat etwas Ruchloses … Von wegen, die Arme! Seine Nase schnüffelt fremden

147

Geruch, männlichen. Sie riecht nach Schuld, nach Sünde. Na und? Sie schmeißt sich um seinen Hals, knutscht ihn, durchwuschelt seine Haare, und plappert ihn mit Banalitäten voll. Was mit einer Freundin sei, wie die Zeit ohne ihn keinen Sinn mache, dass sie so schnell sie konnte gekommen sei, dass dies, dass jenes. „Und was hast du so allein gemacht?" Aber sie sei wirklich fertig. „Lass man, wir machen es morgen früh, Hasi." Sie schläft ein, sobald sie den Kopf auf das Kissen gelegt hat. Er bleibt mit den Augen an die Decke gerichtet liegen, ohne Pläne, ohne einen Sinn, ohne Rache. Eine verdammte Mücke summt im Mondschein. Er greift zur Fliegenklatsche und erledigt sie mit einem Ruck. So, du Biest! Mit reinem Gewissen seine Pflicht getan zu haben, schläft er nun glücklich ein.

DIE HÜLLE

Sie fiel vor nur einer Stunde ins Bett. Wie gerädert, erschöpft, ausgelaugt, benommen und befriedigt bis in die Fingerspitzen. Nur im Unterkleid, mit halbwegs ausgezogenen Schuhen und Schminke im Gesicht. Und genauso sprang sie zur Tür hinaus, nachdem sie aus einem lauten, scheppernden Traum gerissen wurde. Es hatte so lange geklingelt und geschnarrt, bis es sie aus der feuchten Bettwäsche geholt hatte. Auf der Straße war niemand. Sie schaute nach links, nach rechts und hielt sich die Hand über die Augen. In ihren Ohren piepte es und ihr Blick trübte sich. Wie von einem bösen Geist besessen, schloss sich lautlos hinter ihr die Tür. Gleich merkte sie, dass sie sich ausgesperrt hatte, dass sie weder ein Handy (Ah, ihr Diamantenhandy!), noch eine Tasche oder sonst irgendetwas bei sich hat. Genau genommen ist sie nackt, wenn man vom Seidenunterkleid absieht. Und das, nur wegen eines dummen Traums, der sie nach draußen schleifte. Sie hatte von einem dunstigen Lebewesen geträumt, parfümiert und irreal, gleichzeitig protzig, aus dem Fitnessstudio, das ihren Kopf nach und nach wegriss. Durch den Stoff tastet sie ihren Körper ab und entdeckte eine Beule. In der Seide hat sich ein Knoten verlaufen. Und ein kleines Loch, sie spürt es mit den Fingerspitzen, wie doof! Eine Beule, ein kleines Loch?

Jetzt muss sie sich vor der Müllabfuhr verstecken, welche gerade um die Ecke in die Straße einbiegt. Raul hat das Haus wie eine undurchdringbare Festung konzipiert … Das Beste wäre, wenn er persönlich käme. Aber wie soll sie ihn anrufen? Wirr zieht sie durch das dämmrige Licht, klopft an die Türen der Nachbarn, aber niemand antwortet ihr. Es ist höchstens fünf Uhr morgens und sie läuft im Unterkleid barfuß herum. Sie kommt an der anderen Ecke der Straße an, wo traurige Taxifahrer über glänzenden Lenkrädern schlafen. Sie wäre nie in so eine gelbe Schachtel eingestiegen, aber jetzt bleibt ihr keine

Wahl. Zu ihrem Erstaunen wird sie von allen beschimpft, alle schauen sie an, als wäre sie von einem anderen Stern.

„Schau mal, Alter, was für eine Kundin. Das Glück ist über dich gekommen! Pass auf, die beschmutzt dir noch die Karosserie!"

Niemand nimmt sie an, niemand erkennt sie. Vergeblich wimmert sie, während sie versucht die Schleppe des Unterkleids mit einem befremdlichen Schamgefühl vom Boden aufzuheben. Leider hat sie kein Geld, sonst hätte sie es ihnen gezeigt! Vor lauter Verzweiflung steigt sie in einen verrosteten Bus und setzt sich angeekelt auf einen speckigen Sitzplatz. Die wenigen Mitfahrer der frühen Stunde bleiben ihr so fern wie möglich und halten ihre Nasen zu. Der Weg ist lang, die Haltestellen werden immer häufiger und ihr fällt es immer schwerer, ihre Nacktheit zu bedecken. Endlich kommt sie an einem bekannten Ort an. Die Sonne springt über die Dächer und bringt Hoffnung. Das Viertel erkennt sie und heißt sie willkommen.

Nur dass Rauls Haus kalt ist, fremd und leer. Gestern Abend hatte sie es von Efeu bedeckt hinterlassen, voller Licht. Jetzt hängt nur noch Vertrocknetes herunter, ein Fensterladen schwingt hin und her und der Putz ist abgebröckelt. Ein spitzer Gedanke raubt ihr den Atem: „Raul, Liebling, geht's dir gut?" Sie klingelt beharrlich und klopft verzweifelt. Niemand antwortet. Jetzt kann sie nirgendwo mehr hingehen. Zwei Teenies erlauben sich im Vorbeigehen den schrecklichen Spaß: „Von hinten top, von vorne Flop." Sie wird fast von ihrer eigenen Wut erstickt. Am liebsten würde sie die beiden erwürgen. Mit letzter Kraft hockt sie sich auf die Treppe und drückt ihren Körper zwischen ihre Arme. Dann spürt sie mit unendlicher Furcht, dass etwas nicht in Ordnung ist. Sie spürt den Körper – ihren makellosen Körper – gealtert und vertrocknet. Auf ihren Armen sieht man die Venen, die Haut hängt und die Flecken auf den Händen verraten ihr Alter. Die Finger bedecken wie Krallen ihr Gesicht. Vergeblich. Nein, sie glaubt es nicht und will es auch nicht glauben.

DIE DREI MAGISCHEN WORTE

Anas wütende Stimme rollt durch das offene Fenster bis unten in den Hof:

„Du kleiner Pimmel, hör auf, mich anzuschreien! Was schnauzt du mich so an, du kleiner Pimmel?"

Es vergeht nur eine Sekunde bis das Echo erlischt und der Streit wie misslungene Mayonnaise zerfließt. Die Wörter bleiben in Pauls Hals stecken. Verstört wie ein Boxer, der einen Leberhaken kassiert hat, ist das Allererste, was ihm einfällt, zum Fenster zu stürmen. Er schaut nach unten, dann wieder hoch, dann schließt er das Fenster.

„Was hast du gesagt? Was hast du gesagt, du Miststück?"

Ana bricht in Lachen aus. Schau mal einer an! Mit den drei magischen Wörtern hat sie ihm eins ausgewischt. Und sie lacht, und lacht …

„Wie bitte?", antwortet Paul trotzig. „Was sagst du da? Sprich vernünftig mit mir … Ich meine … Ich meine … Das sagst du mir erst jetzt? Du sagst mir, mir, dass … Ist dir das erst jetzt aufgefallen? Wie kommst du darauf? Wie kannst du nur wagen …" Seine Stimme wird allerdings leiser. (Er hätte sagen sollen: „Du Nutte!")

Paul hat überhaupt keine Lust mehr auf irgendwelchen Streit. Vergeblich versucht Ana ihn zu besänftigen. Der Mann knurrt, zu Tode verletzt. Er legt sich allein aufs Sofa schlafen und sagt kein Wort. Dann schläft er schwer ein, nicht bevor er sich ins Badezimmer geschlichen hat, um ihn vor dem Spiegel zu messen. „Was für ein Schwachsinn! Was für eine Kacke! Was für eine dumme Kuh! Scheiße! Ich gehe. Direkt morgen." Der Schlaf überkommt ihn jedoch nur langsam. Leicht wie eine Spinnwebe legt sich ein Hauch von Depression über ihn.

Am zweiten Tag ist Paul der Erste im Aufzug. Früher als je zuvor ist er aufgewacht, hat sich aus der Wohnung geschlichen und die Tür des Aufzugs ohne Geräusche zugezogen. Er hat keine Lust, irgendjemanden zu sehen. Doch genau als er das Treppenhaus verlassen will, taucht Angelina auf. Die absolute Oma aus dem Erdgeschoss kommt gerade vom Markt. Umsonst eilt er ihr entgegen, um ihr die Tür mit ausladenden Gesten aufzuhalten. Die Oma bleibt auf der Schwelle stehen und starrt ihn an. Sie grüßt nicht einmal. Dann läuft sie weiter zu ihrer Wohnung und dreht sich erneut zu Paul. Der Mann verlässt – mit zusammengepressten Zähnen fluchend – das Haus.

Abends kehrt er zurück, mit einem kleinen Blumenstrauß und Prosecco bewaffnet. Die Nachbarn, die auf der kleinen Bank sitzen und über Gott und die Welt tratschen, schweigen plötzlich. Sie lassen ihn ruhig vorbeilaufen. Das Schamgefühl hat seine Ohrmuscheln zum Glühen gebracht. Mit erhitzten Ohren hört er von hinten ein Röcheln, das dem eines unterdrückten Lachens gleicht. Der Mut verlässt ihn. Er stellt die Blumen und die Flasche vor der ersten Tür im Erdgeschoss ab und flieht durch den Notausgang. Er wird für einige Tage bei Petru Zuflucht suchen.

„Ich kann nicht mehr zurückkehren. Bitte, sag nichts! Hör auf, mich zu bemuttern, es geht nicht."

„Was hast du denn angestellt, Junge? Was hat dir Ana getan? Alter, du hast sie betrogen und sie hat dich ertappt. Sie ist ja nicht doof! Ich an ihrer Stelle hätte dir den Pimmel abgeschnitten."

„Ich kann nicht darüber reden, Alter. Das wars. Wärst du an meiner Stelle …"

Sobald die Wörter verspätet bei ihm ankommen, wird es in Paul noch finsterer. Warum hat Petru Pimmel gesagt? Wenn er über Sex spricht, bedient sich sein Kumpel eigentlich dreckigerer Sprache als jeder Penner. Er bemüht sich, innezuhalten.

„Kann ich einige Tage bei dir bleiben, bis ich etwas finde?"
„Bleib solange du willst. Aber …"

Paul zieht schneller aus als geplant. Er hat eine muffige Einzimmerwohnung gefunden, aber es ist trotzdem besser so. Mutterseelenallein begegnen ihm nicht Frieden und Ruhe, sondern die Depression. Es hätte besser kommen sollen, ist aber schlechter geworden. Bei der Arbeit ist er ständig mit den Gedanken woanders. Wenn er dem Buchhalter die Papiere bringt, weist ihn der Mann zurecht. Wo sein Kopf sei? Der Buchhalter schaut ihn dann lange an, so als ob er ihm etwas sagen wolle.

„Was?", fragt Paul patzig.

„Nichts. Sei vorsichtig, mit Geld ist nicht zu spaßen! Wo ist dein Kopf, du Pimmel?"

Paul verlässt das Büro, stinksauer. Das Universum hat sich gegen ihn verschwört, der Kampf ist verloren. Und in diesem Moment, in dem er die Treppe mit betagtem Schritt hochgeht, versteht er. Der ganze Betrieb weiß es. Deswegen lackiert sich die Sekretärin, die bisher eine räudige Katze war, wenn er an ihrem Tisch vorbeiging, nun die Nägel und telefoniert die ganze Zeit. Seit einer Woche hat sie nicht mehr in seine Augen geschaut. Und alle anderen Frauen haben …

Der Gedanke stolpert über eine Stufe. Paul reicht seine Kündigung ein und geht sofort in ein Café, um sich einen Kurzen reinzuziehen. Das Lokal richtet seine Augen auf ihn. Er legt das Geld auf den Tisch und läuft auf die Straße, ohne sich etwas in den Hals zu kippen. Die ganze Stadt ist hinter ihm her. Am Ende seiner Kräfte angelangt, steigt er in den Zug ein und fährt in seine Heimatstadt. Er schimpft ununterbrochen, innerlich, mit zusammengezogenem Mund, in dem sich die Zunge hilflos sträubt, die dreckigsten Wörter und schrecklichsten Flüche auszusprechen. In zwölf Stunden ist er zu Hause, bei seinen Eltern. Dort herrscht Ruhe. Das moldawische Gebirgsdorf, in dem die Kralle des Komplotts ihm nicht wehtun kann, ist der beste Ort für seine Unruhe. Einen ganzen Tag lang schläft er. Abends geht er dann in der Stadt aus. Die Menschen sind ganz okay, auch wenn sie um einiges ärmer sind. Paul fühlt sich nach langer Zeit normal. Er bekommt wieder gute Laune. Sogar noch mehr, die Lebensfreude kehrt zu ihm zurück. Er entspannt sich. Jetzt braucht er nur noch einen Job und eine Geliebte, die er flachlegen, knallen kann.

So lässt er sich auf ein Gespräch mit einer jungen Frau ein, mit getuschten Wimpern, ein wenig kurzsichtig. „Ich bin Paul, und du?" – „Ich bin Ana. Woher kommst du?" – „Von hier. Kann ich dir etwas zu trinken anbieten?" – „Das kannst du", lächelt sie ihm zu. Ihm wird warm ums Herz und der Mut kehrt zu ihm zurück. Die Tatsache, dass Ana der alten Ana ähnlich ist, beruhigt ihn sogar. Sie lädt ihn zu sich nach Hause ein. „Aber ganz leise! Meine Eltern schlafen!" Ohne viel Gerede landen sie im Bett. Wilder Sex, allerdings im stummen Modus. Paul gibt alles, was er kann, und fühlt zuversichtlich, dass es läuft. Frisches Fleisch, was für eine Freude! Umarmt schlafen sie ein. Um fünf Uhr morgens klingelt ihr Wecker.

„Pssst! Mach keinen Krach", flüstert sie ihm zu. „Meine Eltern haben einen sehr leichten Schlaf."

Er folgt ihrer Anweisung mit ungetrübter Laune trotz der frühen Stunde. Er streckt sich, um sie zu küssen.

„Wann sehen wir uns wieder?"

„Ähm …", sagt die neue Ana aus dem Türrahmen. „Ich ruf dich an."

BLITZ AUS HEITEREM HIMMEL

Die Kinder kichern in ihrem Zimmer. Ab und zu hört man entweder einen Rumms oder einen Schrei, der aber nicht lange anhält. Der Mann horcht einen Moment auf, dann öffnet er sich ein zweites Bier und dreht die Lautstärke hoch. Boulescu, der Stürmer, lässt die Gegner alt aussehen. Trotz des mitfiebernden Zuschauers kassiert Tilimon, der Torwart, kein Tor! Die Ehefrau läuft an ihm vorbei, nimmt die leere Dose vom Tisch, dann überlegt sie kurz. Sie wirft einen kurzen Blick auf das Spiel und greift nach einer Erdnuss. Dann kehrt sie in die Küche zurück, wo die Suppe und das Ostropel auf sie warten. Sie schließt die Tür fest hinter sich zu. Die Luft ist so dunstig, dass man sie in Würfel schneiden und hinaustragen könnte. Wie in einer Spülmaschine treibt ihr die Hitze den Schweiß aus jeder Pore. Der Dampf soll bloß nicht ins Haus ziehen.

„Tooor!", hört man von nebenan.

Wenige Sekunden darauf folgt ein gebrülltes Gespräch am Telefon.

„Hast du es gesehen, Alter? Hab ichs dir gesagt? Der soll sich ficken, der Schweinhund ist richtig geil! Ich sags dir: Der gehört in die Nationalmannschaft."

Das Gespräch dauert. Strategien, Spielernamen – die Frau begutachtet das Fleisch und die Knochen, die sie aus der Brühe gefischt hat an und legt sie auf einen Teller, neben die Karotten, Zwiebeln und den Sellerie. Sie probiert ein wenig und salzt nach. Der Mann spaziert triumphierend herein, hebt ihr Kinn und küsst sie auf den Mund.

„Ich bin glücklich, Hasimaus!"

Sein Glück umarmt sie, sodass ihre Knochen knacken. So ist er. Schlicht und ergreifend, und davon viel.

Dann wendet sich jeder seiner eigenen Beschäftigung zu. Der Kleine kommt herein, rot im Gesicht, mit einem Kratzer unter dem Auge. Er sagt nichts, wühlt bloß im Brotkorb.

„Ich habe Hunger."

„Hör nicht auf ihn, Mama! Ich habe ihm nichts angetan!"
sagt der Ältere und schaut verängstigt nach oben.

„Raus hier! Das Essen ist erst in einer halben Stunde fertig.
Ich gebe euch nichts. Lass das Brot liegen, sonst bist du gleich
voll!"

Zur Halbzeit geht sie ins Wohnzimmer und zündet sich eine
Zigarette an. Der Mann reicht ihr ein Bier, aber sie lehnt ab.

„Komm schon, trink bloß eins, es wird schon nichts passieren."

Sie erfüllt seinen Wunsch.

Er beschreibt ihr den Spielverlauf in allen Einzelheiten.
Dann wiederholt er das Gespräch mit dem Nachbarn und
trägt mit großem Talent auch dessen Text vor. Die Zigarette
ist zu Ende, die Pause ist zu Ende. Das Essen kann man nicht
auf dem Herd lassen, es verbrennt.

„Ich habe dir gesagt, ich kaufe dir so ein Küchendings."

Zurück in den Kampf. Das Spiel nimmt allerdings eine
unerwünschte Wendung. Pungescu, der dünne Kerl von
den Gegnern, erreicht eine glückliche Flanke im Sechzehner
und stolpert den verflixten Ball in den Kasten. Sofort greift
der Mann zum Telefonhörer und führt ein Gespräch in einem aggressiven Ton. Genau mittendrin fällt das zweite Tor
der Gäste. Geschrei, Gefluche. Die Frau kommt ins Zimmer,
durchgeschwitzt und durchgebraten. Sie hat gerade die Suppe
eingegossen. Die Kinder sind schon in der Küche und streiten
sich um den größten Kloß.

„Was hast du? Warum brüllst du so?"

Sie stemmt ihre Hände in die Hüfte.

„Was? Was sagst du da? Du dumme Ziege! Hast du deinen
Drecksmund aufgemacht? Fertig. Mir reichts. Fick dich, du
kannst mich mal! Schluss, aus! Du kannst mich mal kreuzwei-
se, du dumme Ziege! Wir lassen uns scheiden! Verpiss dich!
Das geschieht mir recht, wenn ich dein Trottel bin! Halt die

Schnauze, sonst knall ich dir den Kopf so sehr an die Wand, das kannst du dir nicht vorstellen! Verdammtes Miststück!"

Er verlässt stürmisch das Haus. Die Frau allerdings weint nicht, hält die Hand nicht an ihre Brust, fällt nicht in Ohnmacht. Sie macht keine einzige dramatische Geste. Sie schüttelt ungläubig den Kopf. Und was wird schon sein? Nichts. Er wird mit seinen Freunden saufen gehen, ihm wird übel und er wird in Sack und Asche zurückkehren. Dann wird er im Bett einschlafen, auf der Seite liegend, wie ein Kind. Das dritte Kind. Sieh mal einer an, sagt sie, es scheint als hätten „unsere" einen Gleichstand geschossen. Sie zieht sich die Haube über die Haare und kehrt in die Küche zurück. Es wird schon werden. Die Kinder essen gierig und treten sich unter dem Tisch. Und sie sagt plötzlich, mit leiser Stimme:

„Obwohl es gar nicht mal so schlecht wäre. Solange noch Zeit ist."

„Was, Mama?", fragt der Kleine mit vollem Mund.

„Nichts."

UNSERE SCHULDIGER

Viele Schuldige, wenige, denen verziehen wird, und eine Menge, die Wellen zieht, wie eine unentschlossene Klatschtante oder besser gesagt, wie eine Fliege ohne Kopf. Gherghina und Sevasta finden sich hier wie durch ein göttliches Wunder wieder. Sie verlieren niemals ihren kostbaren Sinn für Gleichgewicht. Sie wohnen Zaun an Zaun seit einem Menschenleben, und das Leben ist sehr lang. Die Freude des Wiedersehens bringt sie dazu, ihre Arme anzuheben. Dabei schwingen sie durch die Luft wie taiwanesische Grablichter, in denen die ausgelöschten Kerzen vom letzten Jahr ruhen. Danach umarmen sie sich, so als ob sie sich seit einem Jahrhundert nicht mehr gesehen hätten. Sie haben sich so viel von gestern zu erzählen! Nur noch eine Viertelstunde bis zur Auferstehungsmesse und das Tratschparadies öffnet breit seine Tore.

„Wusstest du, dass der Neffe von Tanti Adelina im Knast ist? Das ganze Haus hat er ihr ausgeraubt, die Bestie! Es spricht sich herum, dass er die Alte gebügelt hat ..."

„Wie geht das denn? Himmel Herrgott! Sie ist doch siebzig!"

„So oder so, der Esel hat es getan! Angeblich hatte er schon lange nichts mehr vor die Hose bekommen! Du weißt schon, was für ein Spatzenhirn der hat! Meine Güte, der war gerade erst freigelassen worden, der Esel! Es spricht sich herum, dass er sie verkehrt herum gepackt hat. Was kann man da erwarten, die Jugend hat ihn überkommen."

„Lass mal, der war wohl kaum untervögelter als Stuchilă ..."

„Was? Stuchilă?"

„Der von der Hauptstraße, der in dem Haus von Tante Tina wohnt."

„Der ist doch für die Katz, wen hat der noch bestiegen?"

„Komm schon, du Tratschrante, so schlimm ist es auch wieder nicht! Der Polizist hat ihn dabei erwischt, wie er sein Geschäft auf der Straße erledigte. Er war hackevoll, wie immer ..."

Pause.

„Das hat er von seinem Vater. Du kennst ihn, der ist vor zwanzig Jahren gestorben. Im Juni werden es zwanzig Jahre. Der Polizist meinte, er soll es mit der Zunge auflecken. Hi, hi, hi ... Ich habe mit meinen eigenen Augen gesehen, wie er um Buzescus Bäckerei herumschlich."

„Mach mich nicht verrückt! Hat sich Buzescu nicht im Plumpsklo eingesperrt und den Schlüssel in die Kotgrube fallen lassen? Er war stockbesoffen."

„Wer? Stuchilä!"

„Nicht doch! Buzescu. Sag mal, hörst du überhaupt etwas? Wie spät ist es überhaupt? Mir tun die Hühneraugen weh! Von Voica die Tochter ist abgehauen, von zu Hause."

„Mach mich nicht verrückt! Mit wem? Mit Lixandru seinem?"

„Tz! Mit einer anderen Frau, ich schwör bei meinem Leben! Eine, die bei denen zur Miete gewohnt hat. So hat der von oben sie bestraft. Die war doch zu gierig! Voica, Voica, habe ich zu ihr gesagt, nicht mal der liebe Gott sättigt dich. Du wolltest nur die besten Stücke, die sollen dir gegönnt sein!"

„Und woher besorgen sie sich so viele gute Stücke?"

„Wer?"

„Na, die beiden, Mädel. Ich verstehe nicht, was für ein Ding! Wie kommen sie zurecht, wenn sie beide Frauen sind? Brauchen sie das Teil nicht? Ach, was für eine verrückte Welt! Ach du meine Güte, bei dir wohnt ja auch eine zur Miete."

„Lass mich, ich kann nicht mehr! Der Teufel hat mich verleitet, die Wohnung einer blöden Kuh zu vermieten. Gott, vergib mir, ich weiß gar nicht mehr, was ich dazu sagen soll. Jetzt geht sie mit dem Pfarrer das Licht verteilen! Das Miststück hat ein kleines Kind und ist nicht verheiratet! Wenn ich das gewusst hätte, hätte ich sie verjagt!"

„In deinem Haus? Seit wann?"

„Bei mir, ja! Seit März! In meinem Haus, ja! Und was erfahre ich noch? Kannst du dir das vorstellen? Sie ist ein Bastard, die Schlampe. Sie hat nicht einmal einen Vater! Gott bewahre ... Mir ist schlecht geworden! Mit der Sünde im Haus! Weißt du, was ich meine? Eine Strafe, glaubs mir! Was ich nicht alles gegen das Miststück getan habe! Messen habe ich bezahlt, ausgeräuchert habe ich sie, das Radio ganz laut gedreht, mit ihr geschimpft, weil sie die Wäsche vor dem Fenster aufgehängt hat, das Licht habe ich ihr abgeschaltet ... "

„Vom RADET[29]?"

„Ach was, vom Stromzähler. Mein Enkel hat mir einen Stromzähler mit Knöpfen montiert. Ich schalte aus, was ich will, wann ich will!"

„Warum schmeißt du sie nicht raus?"

„Na, weil sie mir das Geld für drei Monate im Voraus bezahlt hat!"

„Und wenn schon!"

„Und wenn schon was?"

„Zum Teufel mit dem Geld, Gott vergib mir!"

„Bist du verrückt? In solchen Zeiten?"

„Und was sagt sie?"

„Sie sagt gar nichts. Sie steht nur da und guckt, wäscht und singt."

„Was singt sie? Teufelszeug?"

„Kirchenlieder oder teuflische, wer zur Hölle weiß das schon? Die sind ja nicht auf Rumänisch. Sie bleibt wie eine blöde Kuh zwischen der Wäsche stehen und singt."

„Und was wäscht sie da so viel?"

„Sie wäscht für die Nachbarn und lässt es sich bezahlen ... heute blieb sie auf dem Hof mit einem ganzen Haufen ..."

„An einem Samstag?"

„Ja, an einem Samstag. Das Miststück! Gott vergib mir! Ich weiß gar nicht mehr, was ich sage. Es ist nichts heilig an ihr.

[29] Energieversorgungsgesellschaft in Bukarest.

Solche wie sie bumsen sich durch die Weltgeschichte, dann kommen sie dir ins Haus und verfluchen dich. Schau, so holt der Teufel die Sachen aus der Menschenseele heraus … Wenn sie mich anschaut, empfinde ich Schauer. Sie wiegt ihr Kind den ganzen Tag. Teufels Nutte! Sie hat es bis auf die Spitze getrieben."

„Schweig! Fluch nicht mehr! Das ist eine Sünde."

„Das ist keine Sünde, wenn Gott in die Seele des Menschen schauen kann. Aber jetzt ist Schluss! Ich habe mich entschieden. Ich hole Stuchilă, dass er sich vor ihrer Haustür erleichtert. So werde ich vielleicht die blöde Kuh los."

„Der macht dir doch auch Dreck."

„Macht nichts, das kann ich wegwischen."

„Und was, wenn sie nicht geht?"

„Pssst! Der Pfarrer kommt mit dem Licht heraus. Sie geht auf jeden Fall weg! Da ist ja auch noch der Neffe von Adelina, der Ganove. Was weiß der Dumme schon? Der geht aus dem Knast raus, geht in den Knast rein. Der hat keinen Plan. Und eine Sünde ist es auch nicht, wenn ich die Nutte loswerde. So mach ich das! Das Geld behalte ich … Sie lässt bestimmt alles stehen und rennt mit dem Kind weg. Gott behüte! Wo ist das Licht? Madame, was drängen Sie sich so vor mich? Gibt es nicht genug für alle? Ach, du meine Güte, was für eine eingebildete Tante!"

ERINNERUNGEN

EIN BESÄUFNIS MIT JORJ[30]

Um in den Keller zu kommen, ging ich aus dem Wohnhaus meiner Großeltern heraus, lief die Treppe hinunter, ging in den Garten, bog dann rechts ab und kam zu der Luke. Ich zog kräftig an dem Griff. Die Luke war so groß wie ich, also sehr groß! Die Treppen führten in eine warme, leicht verschlingende Dunkelheit, die nach Schimmel roch. Das war der Keller der Wunder. Flaschen, Gläschen, Karaffen, Fässer, Gefäße, Blechdosen, mysteriöse Reliquien. Wovon sonst kann man als Kind träumen? Allerdings fühlte ich mich nie wohl, da unter die Erde hinabzusteigen, obwohl ich eine quadratische, verrostete Taschenlampe, mit einer Batterie, alt wie die Welt, dabei hatte ... Das Einzige, auf das ich mich verlassen konnte, war der schmale Lichtstrahl. Warum ausgerechnet ich dort hinunterstieg? Nun, mein Stolz stand auf dem Spiel. Ich war unter allen neun Enkelkindern der einzig Fähige, der einzig Würdige, von daher der Erste auf der Liste, wenn es darum ging, Wein oder Schnaps hochzuschleppen. Es ist wohl bekannt, dass Kinder, die nicht neugierig sind, die nichts probieren, nichts umkippen, die nichts entkorken und die Umgebung um sich herum nicht erkunden, wie eine mit Hustensaft vollgestopfte Gans ins Bett gesteckt werden, bis sie zur Vernunft kommen. Oder aber man reibt sie mit medizinischem Alkohol ein, gestreckt mit Wasser. Oder man befreit sie von diesem Fluch mit Kohle. Ich zitiere meine Oma ...

Gemächlich stieg ich hoch und hielt dabei den Steinkrug vorsichtig an seinem Hals. Als ich in das Licht der Abenddämmerung trat, zog ich, hoppla, den Korken aus der Flasche. Ich führte sie zum Mund ... probierte. Und nippte so wie es Erwachsene tun. Mmmm, was für ein seltsames Zeug

---

[30] Die Erzählung wurde in dem Sammelband „Mein erstes Besäufnis" im Verlag Art publiziert.

die Onkel, Tanten, Opa und der Rest der Welt tranken ...
Was für ein herrliches Gefühl, im gleichen Alter mit diesen
eigenartigen Menschen zu sein, das Verbotene zu genießen,
ohne dass etwas passiert. Wahrscheinlich war ich der Auserwählte. Bestimmt! Nachdem ich den Propfen zurück in den
Flaschenhals gesteckt hatte, trat ich stolz vor die ganze Familie. Ihre Feier konnte weitergehen. Ich war mit mir selbst
zufrieden.

Dieses Spiel ging lange Zeit gut, genauer gesagt bis ungefähr 1962/63. Da verließen die Großeltern ihr Adoptivdorf
Cataloi (dort hatte mein Großvater einen Zwangsaufenthalt
gehabt) und schlugen den Weg in die Stadt ein. Dies war jedoch kein sonderlich intelligenter Zug, oder, sagen wir mal
so, kein glückbringender. Mein Großvater starb ein Jahr später und meine Großmutter hatte nie wieder ein eigenes Haus.
Sie reiste bis zu ihrem Tod herum, änderte ständig ihren
Wohnsitz, zog von dem einen Onkel zur anderen Tante und
das war der Grund einer unendlichen Kette von Unzufrie-
denheiten und gegenseitigen Anschuldigungen. Bis man an
die Reihe kam, war jeder überzeugt, dass alle anderen ihre
heilige Kindespflicht nicht ordentlich erfüllten. Das ist allerdings eine andere Geschichte.

Jedenfalls brannte sich der durchdringende Geschmack
des Weins und des Schnapses in meinen Kopf und mein
Herz ein, da mein Magen, der arme, es nicht bei sich behal-
ten konnte, egal wie sehr er sich anstrengte. Deshalb hielt ich
mich für einen tapferen Helden, einen Auserwählten, einen
Kenner, einen Komplizen, einen Veteranen, einen Widerständler – Widerständler, ja, das war das wichtigste Wort. Ich
hatte mich zu einem erwachsenen Mann entwickelt, würdig
am Tisch der Sieger zu sitzen, mit ihnen jede Weisheit der
Welt, sowie auch die Schlussfolgerungen oder Offenbarungen, die mich gemeinsam mit dem Alter überkamen. Nicht
so sehr Offenbarungen, eher Unruhen. Alle, verdammt noch-

mal, hatten einen Grund. Und der Grund hatte einen Namen: Veloiu Virginia, meine Klassenkameradin. Für immer!

So kam es auch damals. Der Sommer des Jahres 1968 trieb an der Oberfläche eines Meeres aus Gelassenheit, Zuversicht und Entspanntheit. Meine Mutter verbrachte ihren Urlaub bei alten Freunden in Voşlobeni, ein kleines Dorf im Ardeal[31], und versuchte, den Verpflichtungen und dem Gedränge, welche Bukarest am 23. August verseuchten, zu entgehen. In dem Dorf schlug ich mir die Zeit tot. Ich, ein kurzsichtiger Jugendlicher, jedoch ohne Brille, zu Tode gelangweilt. Der Tod der Leidenschaft, da meine pfiffige Mitschülerin mit rauer Stimme, die massive Virginia, irgendwo am Arsch der Welt war. Vielleicht war sie sogar in Bukarest, wer weiß? Während ich hier auf ihre erfrischende Anwesenheit verzichtete, blieb mir nichts anderes übrig, als in meiner Sehnsucht einer schaurigen Abwesenheit aufzulauern. Ach, Virginia, Virginica, Veli, Velica – nannte ich sie liebevoll – warum hat uns dieses grausame Leben getrennt?

Dafür aber musste ich mich an langen Canasta- oder Rommé-Spielen beteiligen, Sprüche verdauen, die sich im Rhythmus eines Metronoms wiederholten und – als ob das nicht gereicht hätte– um zehn Uhr schlafen gehen. Gut, dass wir zumindest ab und zu *Radio Freies Europa* hörten. Zumindest so viel! Ja, der Sommer des Jahres 68 war gelassen, entspannt und hoffnungsvoll, mich aber brachte er Tag für Tag um. Mein Leben rieselte zu schnell durch eine breite Sanduhr und schau, morgen oder übermorgen könnte es schon an sein Ende kommen. Und ich, wer war ich in dieser ganzen Geschichte? Deshalb waren zu der Zeit das Gläschen Weichsellikör oder der üppige sommerliche Gespritzte die tiefsinnigsten und freundschaftlichsten Begegnungen. Falls Jorj (der Hausherr) versuchte, ein zweites Glas einzuschenken,

---

[31] Siebenbürgen.

sprangen meine Mutter und Ilonka (die Hausherrin) hoch, wie von der Tarantel gestochen. War er verrückt? Kinder dürfen das nicht. Alles gut und schön, aber diese Kinder, denen ich gleichgestellt wurde, betrübten mich zutiefst. Ich war kein Stöpsel mehr. Aber wem hätte ich meine Liebe, diejenige eines erwachsenen, starken und freien Mannes gestehen können? Der Natur, wie in der Poesie? Besser niemandem, entschied ich und errötete innerlich. Umsonst protestierte ich. Umsonst deutete ich vorsichtig an, ich sei ein Mann. Mein Verstand funktioniere wie der eines Musterschülers, was ich auch war. Wer hätte mich verstehen können? Einsam trank ich das Glas auf Ex und gab ganz cool an, wie gut ich Alkohol vertrug, zählte imaginäre Heldentaten auf. Niemand glaubte mir. Ich prahlte in der Wüste. Uff! Wenn die in ihrer kleinen Wirklichkeit gefangenen Menschen den imaginären Teil beiseitegelassen hätten, dann hätte sie die Essenz durchblickt, die sich nicht allzu sehr von dem, was ich da erzählte, unterschied. Was die Differenz von der Essenz betrifft, da übertreib ich nicht, ich war ein Dichter. Ich konnte mich nicht zurückhalten!

Aber schau mal einer an, eines wunderbaren Abends lud mich Jorj geheimnisvoll nach dem Abendessen in die Sommerküche ein. Er entkorkte eine Flasche Wein (ich kann es jetzt noch sehen: das Etikett mit dem Schiffchen auf der Murfatlar-Flasche, für zwölf Lei das Kilo), stellte zwei Gläser auf den Tisch, zündete sich eine Zigarette an und sagte:

„Junge, die Frauen werden es niemals verstehen, so verbohrt wie die sind! Lass uns heimlich trinken, sodass sie es nicht erfahren! Ich hoffe, du kannst einiges ab!"

„Onkel Jorj, ich bin nicht aufzuhalten!"

Bedacht schenkte er den Wein in die Gläser ein und dann fingen wir an, wie Männer zu trinken. Anfangs mit der männlichen Angst vor der Nörgelei der Frauen. Er pustete Kringel zur Decke hinauf, ich bemühte mich ein Gesprächsthema zu finden. Anfangs ein bisschen Politik. Wir lästerten über die

Russen und biederten uns bei den Amerikanern an. Die Russen waren die Bösen, die Amerikaner waren die Guten. Die Russen waren rückständig, überholt, prahlerisch, die Amerikaner genau das Gegenteil. Ich war aufgeklärt und stimmte allem zu. Obwohl er das Aussehen eines Nackthalshuhnes hatte, war mir dieser Jorj plötzlich sympathisch. Wir wagten es danach ganz vorsichtig in den Bereich des Automobilismus und der Mechanik. Ich rückte mit den Namen der einzigen Fahrzeuge, die ich kannte, raus: Fiat Spider und selbstverständlich Ford Taurus, der Straßengeist. Bei den Autos füllte sich mein Glas, wie durch ein Wunder. Und das, weil Jorj lediglich ein erbärmliches Carpaţi-Mofa im Schuppen hatte. Eigentlich fuhr er gar nicht damit, sondern seine Frau. An den Morgenden, an denen mich die Liebe langweilte, schob ich die Plane des Mofas zur Seite und ließ das Rad in der Luft kreisen. Ich schaute auf den Tacho und lief im Traum weg aus dem verlorenen Dorf direkt ins wirbelnde Leben … eine sanfte Euphorie erfasste mich: Enthusiasmus mit einer Geständnisnote und das unbedachte Vertrauen, dass die Welt gut ist und die Zukunft goldig.

„Onkel Jorj, ich glaube, dass der Spider das schnellste Auto der Welt ist. Ja, aber die Liebe …"

Warum ich die Liebe den Autos entgegengesetzte, kann ich nicht sagen. Mir war wohl danach. Blitzartig. Was mich dazu brachte, es zu sagen, weiß ich auch nicht, aber ich habe es gesagt. Der Onkel zündete sich eine Zigarette an, seufzte und schaute mir in die Augen:

„Erzähl, Florinchen!"

„Ach, Onkel Jorj, die Frauen sind ein Kelch gefüllt mit Wunder dieser Welt! Für einen Augenblick Liebe könnte ich … ich könnte … mein Leben geben. Denn ich denke, dass Frauen etwas sind … was …"

Er schenkte mir nach und nickte zustimmend. Das machte mich verlegen. Die Liebe hatte Virginias Angesicht, Jorj allerdings konnte mit dem Aussehen einer vertrockneten Pflaume keinerlei Leidenschaft erwecken, sodass ich mit den Schultern zucken musste. Ob er wohl etwas vom weiblichen Mysterium verstand? Das bezweifelte ich, aber was ging mich das an? Ich, der nicht mal wirklich wusste, wie eine Frau zusammengesetzt war, schwankte zwischen den perversesten Gelüsten, den finstersten und schamlosesten Idealen – konnte man sie überhaupt noch Ideale nennen? – und der Zärtlichkeit und Reinheit des Gefühls. Zwischen der Finsternis der heißen Berührungen und dem Licht der zärtlichen Berührungen. Ich war verwirrt. Sollte ich sie mit einer Blume berühren? Das war zu umständlich für mich. Was sollte ich ihr sagen? Gedichte? Sollte ich sie um die Taille fassen? Meine Hand vorsichtig an ihren Hals annähern? In einem Ferienlager hatte ich gehört, dass es in Deutschland Bordelle gibt, wo man sich in aller Ruhe mit Mädels vergnügen kann. Nur dass man, obwohl man mit ihnen machen kann, was man will, nicht die Erlaubnis hat, sie zu penetrieren … Penetrieren war ein Verb, das mir Schauder verursachte … Darüber hinaus hatten die Frauen eine Art schwarzer Kautschukfetzen auf dem Geschlechtsteil angebracht, damit nicht irgendein durchgeknallter Kunde seinen schmutzigen Wunsch zu Ende bringen konnte. So, ja. Das passte mir. Wenn ich sie nicht berühren konnte, sollte sie kein dahergelaufener Irgendwer beschmutzen! Mein Wunsch nach Reinheit blühte auf. Ja, genau, sie sollten sie nicht … überhaupt nichts sollten sie! Damit ich dahin komme und sie dazu bringe, sich in mich zu verlieben. Jorj hustete verstört:

„Na ja, warum sollte ich dann noch dafür zahlen?"

Es folgte eine verquere Erklärung, die mir selbst jetzt noch unklar ist. Ich war der Meinung, dass das Betatschen der Frauen ausreichte. Für einen normalen Mann. Denn ich hatte erfahren, dass es für die Anormalen andere Dinge gab, anderes Geld, aber so wie in einem ost-deutschen Sexualkundebuch stand, „sind die Perversionen eine Hölle, deren Tür man nicht einmal halb öffnen sollte." Ein Zeittunnel klaffte zwischen uns. Obwohl er sich nicht von seinem kleinen Stuhl bewegt hatte, schien Jorj um einiges weiter gerückt zu sein. Eine neue Flasche glänzte traumhaft, das Schiffchen darauf schien echt, war fertig zum Ablegen. Von hinten hörte man eine Stimme, die der meiner Mutter ähnelte:

„Jorj, bist du denn verrückt geworden?"

Und er sagte:

„Was mischst du dich ein? Siehst du nicht, dass mein Freund ein Mann und Trinker ist? Er soll mich nur nicht unter den Tisch trinken!", und zwinkerte mir irgendwie zu.

Ich fühlte mich so stolz wie noch nie!

Hinter uns schloss sich wieder dieselbe Tür zu. Ich dachte, ich hätte geträumt.

„Wo waren wir stehen geblieben? Ach ja, das Leben! Ich fühle, Onkel Jorj, dass das Leben ist … wenn man davon träumt, sein Schicksal mit bloßen Händen zu erobern. Was das Leben ist? Was das Gefühl ist? Wer ich bin? Ich fühle, dass … es ist gut, ich glaube, dass jetzt blüh… das Gefühl, ja! Das zählt!"

Die einsame Glühbirne an der Decke war auch weiter abgerückt. Ich trank noch ein Glas. Merkwürdigerweise war der Geschmack nicht mehr so wie am Anfang. Der Zaubertrank glitt nicht mehr gluckgluck oder gurgeldigurgel herunter. Ich empfand einen sauren Hauch, jemand in mir erklärte sich gesättigt. Allerdings musste ich etwas Essenzielles, etwas Endgültiges sagen, ein Zeichen meines Durchgangs in dieser Welt hinterlassen. Jetzt war der Moment dafür! Wenn ich auch diese Chance verpasste … hätte ich sie bis zum Tod nicht wiederbekommen. Und der Tod lauerte hinter der Ecke!

„So lange ich lebe, ich weeeeeerd … ich, lieber Onkel Jorj, wenn ich um mich herumschaue, zu dir, zu diesen Mädchen aus unserem Rumänien, aus unserer jahrhundertealten Geschichte, ja, ich bin stolz, ein Rumäne zu sein. Was Virginia betrifft … Ich liebe sie, Onkel Jorj! Und vielleicht liebt sie mich auch!"

Benebelt glitt ich auf ein paar Wasserkissen. Etwas plätscherte akut in meinem Kopf. Die Glühbirne schaukelte ruckartig, wie von einem unsichtbaren Wind erfasst. Und mit einem Mal wurde das Licht zur Finsternis. Eine Finsternis, wie diejenige, die am Anfang um die Welt kreiste, drehte sich nun in meinem Kopf, ein breiter, unfreundlicher Kopf, geräumig und flüssig. Das Gefühl war unerträglich. Erneut prallten mein Wille und die ekelhafte Realität aufeinander. Mit einer übermenschlichen Anstrengung beugte ich mich über den Rand der Welt und kotzte. Ach, das war aber gar nicht der Rand der Welt, das war der Rand des Bettes. Und die Decke wollte einfach nicht stehen bleiben. Irgendjemand oder irgendetwas raschelte in der Nähe. Überzeugt, dass ich sterben würde, stöhnte ich auf. Das verdiente ich, nein, ich verdiente es doch nicht. Ich wiederholte den Prozess der Selbstentleerung ein paar Mal. Mit Bläschen. Trotz steigender Peinlichkeit, die im Bewusstsein eintrat, dass ich etwas Irreparables angestellt hatte, konnte ich nicht aufhören, mich zu wundern: Woher kam und verkörperte sich die Selbstmaterie, aus welchen Verstecken? Wie mysteriös der menschliche Körper doch ist! So viel abstoßende Materie! Trotzdem kam es mir nicht so vor, als hätte ich so viel Wein in mich gegossen … Ist da noch etwas? Kommt da noch etwas? Gott, mach, dass es aufhört! Bis zum Morgen war ich erschöpft und trocken wie ein unbenutztes Löschblatt.

Was sollte ich meiner Mutter sagen? Wie konnte ich in den Augen unserer Gastgeber schauen? Oh, nein, ich musste verschwinden, ich musste davonlaufen. Wenn mir bloß der Kopf nicht so sehr wehgetan hätte und die Übelkeit eine Pause eingenommen hätte. Genau dann ertönten in meiner Ecke die Pfeiftöne von *Radio Freies Europa*. Der Klang war aber viel stärker als sonst. So wird wohl das Aufwachen aus der Trunkenheit sein. In meiner Bitterkeit und Verzweiflung verstand ich: Die sowjetischen Panzer und die Genossen drangen in die Tschechoslowakei ein. Ich kroch aus der feuchten Bettwäsche heraus. Sie hatten die Tschechoslowakei tatsächlich überfallen! Ach, diese Barbaren! Und wie? Die Rumänen? Zu meinen Füßen lagen anstelle des Teppichs Lappen, unter den Lappen, auf dem Boden, große Flecken undefinierbarer Farbe. Vorsichtig und benebelt durchlief ich den Weg bis zu der halboffenen Tür. Wie eine Staude um das robuste Funkgerät mit zwei Lautsprechern versammelt, hörten die drei Henker meines Leides die Übertragung, ohne mir die geringste Aufmerksamkeit zu schenken. Meine Mutter durchbohrte mich mit ihrem Blick. Kurz und streng. Dann entschied sie plötzlich, wir müssten nach Hause verschwinden, bevor sie über uns herfallen würden. Dort wären wir zumindest in Sicherheit. Später verstand ich, dass sie ein nicht gerade friedliches Gespräch zum Thema Ardeal geführt hatten. Ilonka, ihre Jugendfreundin, hatte ein viel zu persönliches Bild der vorväterlichen Geschichte. Jorj machte Späße, so wie er es immer tat. Meiner Mutter wurde klar, wie ungarische Frauen vorgehen: Sie wickeln rumänische Männer um die Finger, Trottel, die sich – Oh, Gott! – an der Nase herumführen ließen. Nein, wir blieben da keine Minute länger! Es war viel zu gefährlich! Vergeblich bot der Gastgeber an, für mich einen frischen Schnaps aufzumachen. Ich sah schwarz vor den Augen und meine Mutter sah rot. Das war zu viel. Ein alter Mann, der sich auf mein Niveau herabgelassen hatte. Sollte das Erziehung sein? Oder will er lieber Krautsuppe? Komm Florică, jetzt weißt du Bescheid über Alkohol!

„Nein, auf keinen Fall, nein!", protestierte meine Mutter, die an ihrer empfindlichen Stelle, an ihrem Kind, getroffen war.

Sie muss verrückt gewesen sein, seinen Vorschlag anzunehmen, mir eine Lektion zu erteilen!

Auf dem Weg nach Bukarest schlackerte mein Kopf hin und her. Trotz des patriotischen Anflugs, trotz des Schicksals, das mich heldenhaft anlächelte, trotz der antisowjetischen Spannung, trotz des automatischen Gewehrs, das neu, stählern und imaginär in den Armen eines an den unverletzlichen Grenzen seines geliebten Rumäniens verkrampften jungen Mannes lag, wehte ein feuchter, erstickender Wind durch meinen Kopf. Ach, wenn das endlich aufhören würde, betete ich zu allen Heiligen, vom Durst verbrannt und an jedem Bahnhof Wasser in Unmengen trinkend. Als wir abends zu Hause ankamen, fiel ich erschlagen ins Bett.

„Warte", rief meine Mutter, „hilfst du mir nicht mit dem Gepäck? Reicht es dir nicht, dass du Schande über mich gebracht hast? Jetzt lässt du mich auch noch allein?"

Mein Pech. Das Erste, was aus den Klamotten hervorlugte, war die versprochene Schnapsflasche. Mit meinen eigenen Augen sah ich sie, mein Magen sah sie auch und sie lächelte mir grün ins Gesicht. Blitzartig aß ich nochmal rückwärts. Fertig! Es reicht! Ich habe genug dafür bezahlt. Hört auf! Von mir blieb nur noch die Hülle übrig. Und zum ersten Mal schien mir der Tod ein würdiger Ausgang aus der Notsituation. Nur musste ich eine kleine Tür finden. Morgen, morgen wird der große, der letzte Tag sein. Verdammt seist du, Alkohol! Ade Leben, ade meine vielgeliebte Veloiu Viriginia! Und ich schlief ein.

UM HIMMELS WILLEN, GEBT MIR DIE WAFFE!

Den ersten Weltuntergang erlebte ich beim Militär. Es war an einem schönen Oktobervormittag. Ich feierte meinen dritten Tag in der Kaserne durch Marschieren im Wald von Plenița, im kupferfarbenen Laub – oder wie soll ich es sonst nennen – da, wo das Leben unglaublich real und trotzdem so weit entfernt schien. Ich hatte den Eindruck, dass das alles nicht wahr ist, dass es hier nicht um mich geht und ich gleich zu Hause in meinem Stübchen am Bulevardul 1. Mai[32] fröhlich aufwache. Dieses Gefühl hatte ich aber nur hier, in diesem kleinen Wald. Außerhalb davon traf mich auf brutale Weise die Verzweiflung eines langsamen, befehlsmäßigen, nicht endenden Weltuntergangs. Ehre, Hoheit, Kameradschaft, Solidarität, Mut, Intelligenz und Heldentum, alle diese romantischen Dummheiten, die ein Muttersöhnchen aus Büchern aufsaugen konnte, begleiteten mich schallend auf dem Weg zum Militär.

Aber, ach, kaum roch ich die Kasernenluft, schon wurde mir schwindelig. Mir war nicht mehr nach nächtlichen Fantasien, ich träumte vom Schlaf. Ich vergaß, dass ich einst wählerisch beim Essen war und wartete auf die Bohnen wie auf den Messias. Die Intelligenz wurde plötzlich zur Last, das allgemeine Schnarchen ein Albtraum und Cașotă, der Feldwebel zum großen teuflischen Anführer. Nein, das Soldatenleben war nichts für mich, vergeblich zählte ich die Tage bis zum Ende. Es blieb der gleiche verflixte unüberschaubare Haufen an kommenden aschgrauen Morgen im länglichen Schlafraum, der öfters von einem einzigen, unendlichen, womöglich längsten Furz der Welt aus der Hose des Kraftpaketes der Einheit durchquert wurde. „Achtung! Vergasung!", rülpste er feinfühlig. Ach, und das Kollektivbad! Erst recht ein Alb-

---

[32] Straße in Bukarest.

traum. Meine Verzweiflung wurde nicht vom Penis ausgelöst, sondern von den Muskeln der anderen, Studenten des IESF[33], die mit wartenden Geliebten ein gelassenes Machtbewusstsein aufwiesen. Wie auch immer. Vom Regen in die Traufe: Einen Tag vor dem Waldspaziergang ereignete sich auch noch der Zwischenfall am WC. Wir, die verachteten Philologen aus Oltenien[34], blieben vor der Toilette stehen, um ein bisschen Philosophie zu debattieren, damit wir uns ein wenig kennenlernten. Wir hatten die Stimmen erhoben und waren mitten in einer Auseinandersetzung über Hegel, über die absolute Wahrheit in seinem historischen Werdegang ... Oder war es doch Kant ...? Die Kraft der Ideen überdeckte den Gestank des Plumpsklos. Der Ort glänzte, von der Idee verklärt.

Nun gut, ihr habt es erraten: Genau in dem Moment erwischte die Abendinspektion die wehrpflichtigen Trottel, mit philosophischen Anflügen unter geschorener Birne. Was folgte, kann man sich leicht vorstellen. Auf den Knien um den Block herum, dann rennen bis zum Baum an der Küste und danach, da wir eh gerade die Gasmasken entgegengenommen hatten, „Tiefflieger, Sprühangriff". Meine poetische Sensibilität des verwöhnten Jungen vom Ion Neculce-Gymnasium, eines visionären doch verbannten Künstlers, wurde stark verletzt.

Über all dieses sinnierte ich an jenem schönen Tag, am Hang, während ich die Kiste mit Marmelade und das Brot schleifte. Es reichte nicht aus, dass ich auf dem Rücken das Sturmgewehr trug und dass ich dünn wie ein Flötenfisch war. Nun musste ich auch noch die Zehn-Uhr-Mahlzeit schleppen. Ich war an der Reihe, weil ich groß war, der Zweitgrößte. Zum Glück nicht der Allergrößte, sonst hätte man mich mit der Panzerfaust, dem mobilen Antipanzer-Granatenwerfer AG-7

---

[33] Sportuniversität.

[34] Historische Landschaft in Rumänien und ein Teil der Walachei.

beladen. Gut, dass die anderen vom IEFS auch einige Basketballspieler hatten! Darauf kam es aber nicht an, für mich war es so oder so zu viel. Als ich am Tatort ankam, konnte ich meinen Zug nicht mehr sehen. Ich meine, die entfernten Stecknadeln im Feld, hätten meine Kollegen aus der Kaserne sein können. Zum allerersten Mal hatte ich den Eindruck, dass das Glück mich anlächelte.

Ich ließ mich im Gras nieder. Ein wenig höher, hinter dem Maschendrahtzaun, patrouillierte ohne jegliche Ambition die Streife des Wachdiensts. Ich habe alles abgelegt, meine Waffe, den Klappspaten, das Bajonett und reihte sie nebeneinander im Gras auf. Dann stellte ich die Kiste hin und legte mich schlafen. Hin und wieder fielen Blätter herab (kupferfarben, so wie ich es euch eben schon erzählt hatte). Der kleine Wald rauschte und durch die Luft trillerten einige Vögel – große Klasse! Ich wiederhole mich, zum ersten Mal sagte ich mir, dass es gar nicht so schlimm ist und ich beim Militär nicht sterben werde …

„Soldat! Was machst du hier, Soldat?"

Ich sprang auf die Füße. Es war der Leutnant Melcete mit dem kompletten Zug, der pustete und seine kollektive Lunge ausspuckte.

„Guten Tag, Herr Leutnant! Mit dem Essen … Ich bin mit dem Essen gekommen."

Melcete war kein Schlechter, aber auch nicht dumm.

„Dann ist ja gut, Soldat …" (und zu den anderen): „Essenspause …!"

„Los, Soldat, die Uniform! Schnell!"

Ich war eingeschlafen. Dankbar, dass er mich nicht rügte, nahm ich mein Koppel, den Klappspaten und … und blieb mit dem Blick zur Sonne stehen. Das Sturmgewehr! Aber woher nehmen?

„Soldat, wo ist deine Waffe?", fragte er höflich. „Schneller, die Waffe."

175

Überflüssig zu sagen. Ich schaute um mich herum, aber sah sie nicht. Gleichzeitig schlich sich ein wenig Kälte über meinen Rücken. Nein, meine Waffe, meine liebe Waffe war nicht da.

„Bist du verrückt geworden?", sagte Melcete mit erhobener Augenbraue. „Wo ist deine Waffe, Soldat?!"

„Hier war sie, Herr Leutnant, ich hatte sie hier unter meinen Kopf gelegt!"

Doch offensichtlich war sie das nicht, sie war nicht unter meinem Kopf. Liebe Waffe, liebe kleine Waffe mit Beinen, wo bist du hin? Melcete entschied, sich nicht aus seiner Ruhe bringen zu lassen.

„Junge, das ist ein Fall fürs Militärgericht – verdammte Scheiße! Wohin hast du den Riesen-Ballermann gesteckt?"

Sehr wohl verstand ich, ich meine, ich konnte sie nirgendwo sehen. Und zusätzlich zu der Kälte auf meinem Rücken fing ich innerlich zu zittern an. Tapfer drehte ich mich zur Wache:

„Sag mal, Kumpel, du hast doch meine Waffe gesehen …"

Keine Reaktion von dem anderen. Hinter seinem Maschendrahtzaun stehend starrte er mich nur an. Ich ging bittend vorwärts.

„Bleib stehen oder ich schieße!"

„Mann, sei doch nicht verrückt, du warst hier! Sags mir: wo ist sie?"

Melcete schnauzte mich an:

„Gehörst du zu irgendeiner Sekte? Hast du sie begraben?"

„Nein, Herr Leutnant! Nein!"

„Hast du sie jemandem verkauft? Wie viel Geld hast du dabei?"

Ich hatte Glück mit den leeren Taschen. Er schmiss seine Schirmmütze zum Boden.

„Verdammt … wo hast du sie hingestellt? Wo bist du langgekommen? Bist du sicher, dass du sie dabeihattest?"

„Ähmm …"

„Wo hast du sie dann hingepackt? Junge, bist du Schlafwandler?"

Vergeblich schüttelte ich mit dem Kopf und zuckte mit den Schultern.

„Du bist im Schlaf gekrochen, stimmts? Bist du sicher, dass du dich erst hier schlafengelegt hast? Soldaten, dieser Ochse hat die Waffe verloren! Ganzer Zug angetreten! Reihe bilden, Waffe suchen!"

Auf allen Vieren wühlten die Jungs zwischen den Ästen, in den Löchern, am Talrand und am Bach. Ich suchte mit, aber für mich war die Zeit stehengeblieben. Was jetzt kommen würde, das wusste ich, das ahnte ich. Aber vor allem verfluchte ich mich, für meinen verdammten tiefen verantwortungslosen Schlaf. Ich hätte am liebsten die Zeit zurückgedreht: die Aufnahmeprüfung an der Uni vermasselt, oder nein, doch nicht, dann wäre ich trotzdem beim Militär gelandet. Dann vermengten sich diese Gedanken mit der Vision vom Militärgericht. Wie sollte ich beweisen, dass ich die Waffe nicht den Imperialisten verkauft hatte? Wie wollte ich rechtfertigen, dass ich eingeschlafen war? Ach, dieser Teufelsschlaf!

Die Jungs suchten eine Stunde lang. Selbstverständlich waren sie zufrieden: Das Suchen war nichts verglichen zum üblichen Gerenne, und auch nicht ihre Angelegenheit, sondern meine. Sie fanden nichts. Zusätzlich hatten sie noch Hunger. Sie fingen an zu essen. Betrübt drehte sich der Leutnant zu mir:

„Iss doch auch, du armer Kerl, wer weiß, wann du wieder etwas bekommst!"

Ich griff zu einer dicken Scheibe Brot, bestrich sie mit Marmelade. Und dann, getrieben von der Macht der Verzweiflung, stand ich auf und schrie zum Himmel, sodass die Ziegelsteine erbebten: „Um Himmels Willen, gebt mir meine Waffe!"

Aber weder der liebe Gott, noch jemand anders brachte sie mir zurück. Melcete machte sich Gedanken. Seine Karriere war vorbei. Wegen mir, einem Taugenichts aus Bukarest, der Mühlstein des Schicksals. Genau in dem Moment lief der zweite Zug vorbei. Melcete ging sich mit dem anderen Leutnant besprechen. Als der andere, der Dreckskerl, die Geschichte hörte, brach er in Gelächter aus. Ich bekam alles mit:

„Du steckst jetzt richtig in der Scheiße", und zu mir, mit seinem rundlichen Schauspielergesicht: „Du Milchgesicht, dir wird dieser Schlaf noch durch den Arsch und die Ohren herauskommen."

Dann beugte er sich zu Melcete und flüsterte ihm etwas ins Ohr. Das Ergebnis? Der Leutnant ließ uns laufen bis wir Sterne funkeln sahen. Das Schicksal entschied, mich erneut zu bestrafen indem es mich zum Angriffsziel der generellen Wut machte.

Zermürbt erreichte ich die Waffenkammer und fragte mich dummerweise, wie ich meiner Mutter erklären werde, dass ich nichts mehr mit der Uni zu tun haben könnte und dass ich vielleicht in zehn Jahren als ein anderer Mensch heimkehren würde. Was für ein Mensch konnte ich aber im Heer der Zwangsarbeiter werden?

„Lass mal, Kamerad, sie wird sich schon finden, die wird wohl nicht von der Erde verschluckt worden sein", sagte mir der kleine Michailov mitleidig, während er die Waffenkammer öffnete.

Meine Waffe glänzte mutterseelenalleine in der Waffenkammer.

In dem Augenblick brach die zweite Einheit in Gelächter aus. Und sie lachten, und lachten ... Junge, Junge! Sie waren an mir vorbeigelaufen, während ich wie ein Stein schlief, und der Leutnant, der Dreckskerl hatte dann alles geplant. Subtil hatte er sie mir weggezogen und dann woanders hingelegt. Selbstverständlich drohte er der Wache, dass er ihn in Einzelhaft steckte, falls er ein Wort sagte. Dann wartete er. Sogar ihre Rückkehr zum Tatort war strategisch.

Ich wollte allerdings von nichts mehr wissen. Ich umarmte meine Waffe leidenschaftlich wie eine alte, kostbare Freundin. Für zwei Stunden war ich in der Hölle gewesen und kehrte nun lebendig und unversehrt zurück. Von dem Moment an, war das Ende des Militärdienstes in Sicht. Schlimmer konnte es ja nicht werden. Mir wurde bewusst, dass ich da sicherlich lebendig herauskommen würde. Deswegen zuckte ich nicht einmal, als viel später der Inhalt eines Panzers geklaut wurde. Ich hatte das Ende der Welt überlebt. Aber dies ist eine andere Geschichte …

WO LÄUFST DU HIN?

Ich war ein ängstliches und beim Essen pingeliges Kind. Über meine ganze Kindheit und Jugend hinweg quälte sich meine Mutter mit dem empfindsamen Stänkerer am Tisch, der die Suppe siebte und tief ins Schnitzel bohrte auf der Suche nach Fett und Knorpel. Sie wusste aber nicht, ahnte es nicht einmal ansatzweise, unter welcher chronischen permanenten Angst ich gelitten habe. Mit Einbruch der Dunkelheit kamen aus meinem Gehirn nie gesehene Schlangen hervor. Warum gerade Schlangen und wie das möglich war, in einem sozialistischen Hochhaus, am letzten Ende in der dritten Etage, das kann ich nicht sagen. Das gleiche Gehirn, das sie Abend für Abend fabrizierte, sträubte sich mit dem ganzen Verstand der Welt und brachte überaus unanfechtbare Argumente an den innerlichen Verhandlungstisch. *Das ist nicht möglich. Es ist eine Illusion. Ich befinde mich in einem sicheren Raum. Meine Mutter ist in dem Zimmer nebenan.* Na und? Ich zitterte und gaffte mit weit aufgerissenen Augen die Wände an und dann schlief ich nach langer Mühsal schließlich ein. Damals konnte ich allerdings in schillernden Farben träumen und fliegen, was die eingenickten Ängste gravierend abmilderte. Danach, im Tageslicht war alles erträglich, ich war auf dem Weg mein Herzblatt, Virginia Veloiu zu sehen …

Es waren aber nicht nur die Schlangen, die mich erschauern ließen. Die Finsternis knisterte, sie hatte ein Eigenleben, geheim und bedrohlich. Die Finsternis war brechend voll mit Lebewesen. In der Regel abscheuliche, sorgfältig berechnende, unausweichliche Mörder. Durch den Kleiderschrank öffnete sich in der Wand die Tür zu einem gespenstigen Reich. Der Teufel hatte mich auch noch dazu verleitet, Edgar Allan Poe zu lesen. Die Grube und das Pendel schlugen rhythmisch in meinem Herzen, welches sein Geheimnis ausgerechnet dem Hals anvertraute und ihm dadurch sehr lautes Klopfen bescherte. Manchmal blieb meine Mutter länger in der Stadt, um mit ihren Kolleginnen Canasta zu spielen. „Verriegele die Tür nicht, du wirst einschlafen …" *Ich werde nicht einschlafen! Ohne Verriegelung geht es gar nicht. Die Tür ist dünn wie Brotkruste … ich werde die Riegel mit Einsatz meines Lebens bewachen …* sagte ich zu mir selbst. Allein zu Hause geblieben, schaltete ich das Radio, den Fernseher und das Licht an. Warum sollte man nicht zusätzlich auch das Licht in der Küche anmachen? Nur, bis dahin musste ich den eineinhalb Meter langen Flur durchqueren und es war schon spät geworden. Allein schon der Gedanke daran, die Hand zum Schalter auszustrecken, die Vision von der nie gesehenen, grünlichen Kralle, der fatale Zusammenstoß … alles hielt mich davon ab, die kleine Wohnung *a giorno* zu beleuchten (das war der Ausdruck meiner Mutter). Ich zog mich ins Wohnzimmer zurück, mitten auf das Bett und zählte die Sekunden. Die magische Kraft des Radios erlosch. Das Licht war nicht mehr gewaltig genug. Es ließ nach. Das Fernsehprogramm näherte sich dem Ende. Die Schatten und sogar das Nichts bewegten sich. Ich war allein im ganzen Universum. Die Zeit blieb stehen.

Ich wachte in meinem Bett auf. Meine Mutter kam spät nach Hause und klingelte vergeblich an der Tür – ich schlief wie ein Stein. Dann klingelte sie bei den Nachbarn und brach die Tür auf. Wie hätte man ihr diese Viertelstunde vor dem Einschlafen erklären können? Diese Zeit, schwer wie Blei … die längste und furchteinflößendste Viertelstunde des letzten Tages. Noch eine würde kommen. Und so weiter und so fort. Die Tür wurde noch dreimal aufgebrochen. Selbst nach über vierzig Jahren waren die Spuren noch da.

Genau weiß ich es nicht, wie und wann es anfing. Damals hatte ich den Eindruck, dass die Angst gleichzeitig mit mir geboren wurde und zusammen mit mir sterben würde, falls sie mich nicht sogar töten würde. Aber das braucht ihr nicht glauben, diese Worte sind mein poetisches Patent, denn ich hielt mich für einen kleinen Dichter. Ein kleiner großer Dichter Wenn ich jedoch meine Erinnerungen auf die Reihe bekomme und anhand daran zurückrechne, stelle ich fest, dass ich in dem Haus von der Doamna Oltea Straße keine Angst hatte. Ich sprang vom Schrank ins Bett, starrte die verriegelten Fenster von oben an, von denen man in den Hof sehen konnte und kann mich an keine Angst erinnern. Meine perverse Freundin wurde in der Wohnung in dem Hochhaus geboren, die tausendmal heller, sauberer und wärmer als die Kellerwohnung war. Darauf kann ich schwören.

Meine Eltern hatten sich vor einem Jahr scheiden lassen. Ein furchtbarer Prozess, so wie alle Prozesse, bei denen das Kind ein Werkzeug aus Spielknete ist. Es zählt, wer es am besten formt. Vor der Richterin sagte ich gegen meinen Vater aus. Ich hatte meinen Text gelernt und ich sah meinen Vater schon mit anderen Augen. Er war nicht mehr der Mann, der alle meine Wünsche erfüllte, der mich nie „anrührte", mit dem ich zu dem Restaurant Cina ging, wo wir eine mehr als märchenhafte Zeit gemeinsam mit dem Freund Kupfår verbrachten. Er hatte sich geändert. Er war eine leibhaftige Gefahr, ein persönlicher Feind. Von mir und meiner Mutter. Ich blieb bei ihr und lehnte es ab, ihn wiederzusehen. Er hatte uns genug angetan. Verzweifelt wartete mein Vater eines Tages am Ausgang der Schule. Schließlich war ich ja sein Sohn und ihm war keine Schuld bewusst. Als ich ihn sah, rannte ich davon, wie vor einem Monster. In panischer Angst machte ich mich aus dem Staub. „Wo läufst du hin, Florin? Florin! Wo läufst du hin? Ich bins doch, dein Vater!" Er verstand es, fand sich damit ab und blieb stehen. Man verfolgt sein eigenes Kind nicht, man erschreckt es nicht. Ich aber wusste es nicht, ich habe es wirklich nicht gewusst. Mein Vater war mein persönlicher Feind. Das schon. Mein Vater war für mich gestorben. Ich habe ihn überall für tot erklärt. Das passierte 1962. Ich würde ihn 1969 wiedersehen. Geduldig wartete er, dass ich aus meiner Kindheit herauswachse, obwohl meine Kindheit auch die seine war. Wir trafen uns wie selbstverständlich, im Restaurant Ovidiu, da wo Mirabela Dauer[35] sang, eine dürre junge Frau, mit langen Haaren, bis zu den Fersen. Mittlerweile war ich ein Teenager. Verwundert entdeckte ich, was für einen wundervollen Vater ich hatte, dass ich ein dummes Kind gewesen war. Ich hatte vieles vergessen und vieles entdeckt. Noch einmal hörte ich seine Stimme, an der Ecke der Schule Nr. 175: „Florin! Wo läufst du hin? Ich bins doch, dein Vater!" Und ich schämte mich. Es war eine bedrückende Scham, den ich nicht beschreiben will, wirklich nicht.

Von da an begann die Angst zu verblassen. Komplett verschwunden ist sie erst beim Wehrdienst. Man konnte mit ihr leben. Und die Leidenschaft für Cristina Oiță, die neue Mitschülerin vom Gymnasium, half mir, den Moment zu überwinden.

---

35   In den Siebziger-/Achtzigerjahren angesagte rumänische Sängerin.

www.danube-books.eu